新 潮 文 庫

百 年 桜

人情江戸彩時記

藤原緋沙子著

新 潮 社 版

10342

目次

百年桜

人情江戸彩時記

百年桜

一

「おや、今夜はずいぶんな風じゃないか。多岐蔵《たきぞう》、もう一度戸締まりを確かめておくれ」

番頭（年寄格）の利左右衛門《りざえもん》が男衆の多岐蔵に言いつけるのを、手代《てだい》の新兵衛《しんべえ》は明日商う予定の反物《たんもの》を選《よ》りながら聞いていた。

新兵衛の膝《ひざ》の横には、木綿の大きな風呂敷《ふろしき》包みに、顧客の通帳《かよいちょう》と、持参する反物が積み上げられている。

三月に入ってからのこの数日は、掛取《かけと》りで走り回っていたのだが、明日からはまた通常の顧客回りとなる。持参する反物は、その顧客の家族の構成や好みを考えて、念を入れて吟味しなければならないのだ。

新兵衛の他にも、三人の手代が居残っていた。二百畳ほどもある売り場の棚に並べ置かれた反物を選り、真剣な顔で明日出向く先の客の荷を支度しているのだった。

利左右衛門は、そんな手代の様子を眺めてから奥に入ろうとしたのだが、引き返してきて新兵衛の側に腰を落として囁《ささや》いた。

「新兵衛、くれぐれも手抜かりのないようにしなさい。お前のことだから案じるには及ばないと思うがね、私はおまえをこの夏に小頭に推薦するつもりだ。何か不都合なことがあっては全《すべ》て台無しになる」

「番頭さん……」

新兵衛は驚いて利左右衛門を見た。

日本橋に店を構える呉服問屋『大津屋《おおつや》』は、奉公人が百人余もいる大店《おおだな》で、新兵衛のような平手代は三十人もいる。

小頭というのは平手代五、六人の上に立つ役職で、小頭になれるかなれないかで、この大店で出世出来るのか、或《あ》いはずっと平手代のまま飼い殺しになるのかが決まるのである。

齢《よわい》十二で大津屋に入店してから、立身の出発点である小頭になるのを切望してきた新兵衛である。それが、小頭昇進に必要だと言われている上役推薦の言葉を直接受けたのだ。

苦節十五年、一時も気を抜かず、同年入店の者たちや平手代たちが及ばない努力を重ねてきたことが、一瞬走馬灯のように頭を駆け巡った。

「ありがとう存じます」

新兵衛は昂揚《こうよう》した顔で頭を下げた。

利左右衛門が、新兵衛の肩をぽんと叩《たた》いて立ち上がった。

新兵衛は、胸躍る気持で利左右衛門が奥に入るのを見送ったが、

「うわ！」

戸締まりを確かめていた多岐蔵が、店の土間に吹っ飛んで背中から落ちた。

同時に強い風が吹き込んできて、その風と一緒に、黒い覆面をした男が二人、手に匕首《あいくち》を持って飛び込んで来た。

「その場を動くな！……いう通りにしないと、こいつの命はないぞ」

賊は、立ち上がろうとした多岐蔵の胸倉を摑《つか》み、その喉元《のどもと》に匕首を突きつけた。体格のがっちりした男だった。

釘付《くぎづ》けになった手代一人一人にもう一人の賊が匕首をひけらかして言った。

「いう事を聞けば殺しはしねえ！　金のあるところに案内しろ」

こちらは瘦《や》せた男だった。

「お待ち下さい」

奥に入ったと思った利左右衛門が出て来て言った。

「今お金は用意します。乱暴はやめてください。新兵衛……」

新兵衛の名を呼び、帳場に目を遣《や》った。

新兵衛は黙って頷《うなず》くと立ち上がった。

店では常より、盗賊押し込みに踏み込まれたら、まずは帳場の金箱の金を渡し、時間稼ぎをしているうちに、誰かが裏口から表の番屋に走るようにと取り決めていた。

新兵衛は帳場にむかった。ゆっくり、落ちついて時間を稼ぐように歩むつもりが、かえってあわてて帳場に着いた。そして、常に用意してある現金売りのための、釣り銭二百両が入った金箱を抱えると、待っていた瘦せた盗賊の前に押し出した。

「ふん、こんなはした金じゃあ駄目だ……この月はじめは掛取りの日だって事は分かってるんだ。その金はどこだ！」

瘦せた賊は、俯《うつむ》いている新兵衛を頭ごなしに、嚙《か》みつくように怒鳴った。声には極度の緊張と苛立《いらだ》ちが混じっている。気に入らねばすぐにでも手にある凶器で斬《き》りつけそうだった。

賊のいう通り、ここ五日の間は、年に六回あるうちの一つ、三月期総掛取りがあり、半刻《はんとき》ほど前に手代たちが今日一日で集金してきた千両余の金を、総取締役の支配人が鉄扉の蔵に運んだあとだったのだ。

一文たりとも計算が合わなければ徹夜をする事もあるのだが、今日は一度でぴたり帳簿と合い、早々に蔵に運んだのだった。

「いえ、本日はこれだけでございます」

新兵衛は顔を上げて毅然《きぜん》と言った。胸は早鐘を打っていたが、利左右衛門が見てくれている。命を掛けての返答だった。

だが、賊を見上げた新兵衛は、ぎょっとして息を吞《の》んだ。おぼろな記憶を呼び戻すものが、賊の目にあったのだ。

賊も、新兵衛の驚きに呼応したように、新兵衛に向けている匕首を一瞬引いた。

その時だった。表に向かって多岐蔵が走った。がっちりした賊の隙《すき》をついたようだ。だが多岐蔵は、表に足を掛けたところで、賊に襟首を摑まれていた。

「野郎！」

がっちりした賊は、容赦なく多岐蔵の背中を刺した。

店の中に手代たちの悲鳴が上がった。

多岐蔵はそれでも諦《あきら》めなかった。店一番の力持ちで台所衆を束ねてきた強者《つわもの》で、手代たちにも重宝されてきた男である。

多岐蔵は背中を刺されながらも賊と摑み合い、ついに組敷くと賊の首を絞め上げた。

「この袋に！……早く！」

痩せた賊は、新兵衛に麻の小袋を投げ、匕首を突きつけた。

恐怖におののきながら、新兵衛は金箱の金を夢中で袋に詰めた。

すると、痩せた賊は、その袋を奪い取り、まだ組み合っている二人の男の上を軽々と飛び越えて、風の吹きすさぶ闇《やみ》の中に消えて行った。

「多岐蔵さん！」

手代たちは口々に叫んで多岐蔵に走り寄ったが、多岐蔵は盗賊の首を絞めたまま、自身も力尽きて息絶えていた。

北町奉行所の同心、神保喜八郎《じんぼきはちろう》と岡《おか》っ引《ぴき》の銀蔵《ぎんぞう》が店にやって来たのは、それから半刻も後のことだった。

新兵衛をはじめ、その場にいた手代たち、番頭の利左右衛門、店の奥から震えながら覗《のぞ》いていた台所衆の男たちは、神保喜八郎の調べを受けた。就寝したのは深夜になっていた。

翌日新兵衛が、予定していた最後の顧客、御家人丹沢忠五郎《たんざわちゅうごろう》の屋敷の門を出たのは、八ツ過ぎだった。

新兵衛は振り返って深いため息をついた。その横顔に、南割下水の水面の揺れる影が映っている。

「必ず払う。信用して待ってもらいたい」

丹沢忠五郎はそう言ったが、丹沢家の台所事情を考えると、行く手に暗雲の垂れ込める思いである。気持は分かるが、新兵衛ひとりの才覚や情でもはや決裁できる段階ではなかった。

――申し訳ない……。

痛む心を振り切るように、新兵衛は背負っている荷を一度すり上げると、南割下水を後にした。

新兵衛に任されている得意先は、本所《ほんじょ》と深川《ふかがわ》だ。町地に混じって武家屋敷も多く、丹沢忠五郎も得意先の一人だった。いや、ただの得意先ではなかった。新兵衛が前任者から引き継いだ時、真っ先に染物一反を買ってくれて、初商いのご祝儀《しゅうぎ》だと言ってくれたのが丹沢の内儀だったのだ。

その丹沢家が昨年末に、娘の嫁入りと称して、婚家に持参する着物三十両余を仕立てたのだが、払いが滞っていた。

大津屋の外廻りの手代たちは上役の支配人から、二度続けて支払いが出来なかったところとは、以後の取引を慎重にするように厳しく申し渡されていた。安易な判断や情におぼれて、危い商いをすれば、店は立ちゆかなくなる。そのことは新兵衛たち奉公人も骨身に沁《し》みて承知していた。

ところが丹沢は、まだ支払いが三分の二以上も残っているのに、今度は次女の嫁入り支度を頼みたいと言ってきたのだ。

新兵衛は、通帳を渡して店の意を説明したのち断った。通帳の残金を支払っていただいたのちに、次のご希望はお聞きしますと伝えたのだ。

すると丹沢忠五郎は、憤然として立ち、

「ふん、恩知らずが……」

怒りの一瞥《いちべつ》をくれると、部屋を出て行った。

すると入れ替わりに妻女が入って来た。

「気分を悪くなさらないで下さいね。娘に十分な支度をしてやらなければ、嫁ぎ先で小さくなって暮らさねばならないと案じているのです。なにしろあちらは御番衆《ごばんしゅう》の組頭をなさっております。こちらはご存じの通り無役、どうぞ私どもの意をお汲《く》み下さい」

手をすりあわせて言う。恥も外聞もない姿だった。

「しかし、申し訳ございませんが、これはお店の規則ゆえ」

「そこをなんとか……二度とこのような事は申しません。あなただって、両親兄弟はいるんでしょう……子を思う母親の、私の事情も汲んで下さい。ね、この通り」

妻女は手をついた。

新兵衛は困った。気持が揺らいでいる。だが、

「奥さま、すみません」

新兵衛は、妻女よりも深く手をついて頭を下げた。

心は千々に乱れている。丹沢家とは昨日今日のつきあいではないのだ。妻女の希望を聞き入れてあげる方がどれほど楽か。ただ、それをやった瞬間に、手代としての明日はない。出世どころか、店を辞めさせられるかもしれないのだ。

辛《つら》かったが断るしかなかった。

悔しさに下を向いた妻女に暇乞《いとまご》いをした新兵衛は、屋敷を逃げるようにして出て来た。

——仕方がないんだ。

新兵衛は足早に歩きながら、何度も心の中で呟《つぶや》いた。

商いと情をごっちゃにして、払える見込みもない客の追加の注文を受け、そ

の代金が回収不能となり、小頭昇進が決まっていたにもかかわらず、あっさりその対象から外された手代を新兵衛は見てきている。

非情だとは思ったが、これはお互いのためだと言いきかせた。

――とはいえ、あの残金も回収には骨がおれるだろう……。

新兵衛はまた、ため息をついた。

帰路につきながら、まだ昼食も摂《と》っていないのに気付いたが、両国橋を渡ったところで、大伝馬町《おおでんまちよう》に足を向けた。

顧客のところを回っていても、ずっと頭の隅から離れないことがあった。

昨夜大津屋に押し入った盗賊の片割れのことである。一人は大津屋で息絶えたが、逃げた男の目が、かつて近江《おうみ》の蒲生《がもう》で幼なじみだった伊助《いすけ》とそっくりだったことに、時がたってから気付いたからだ。

北町の同心神保喜八郎にはまだその話はしていない。不確かな事を言うわけにはいかない。伊助に会って確かめようと思ったのだ。

商いの途中で私事の寄り道はしてはいけないことになっているが、頭にこびりついた不安を取り除かないことには仕事も手につかない。昼飯を摂っている場合ではないと思い立った。

普段なら得意先回りには若衆《わかいしゅう》に荷物を持たせて歩くのだが、今日はたまたま若衆の手が空かず、新兵衛は自分で荷物を背負ってきた。

若衆とは、入店してきて数年を経て元服《げんぷく》したものの、まだ手代になれない奉公人のことをいう。手代になるためには、先輩手代の供をしながら商いというものを身につけて、その上で、九年目に初めて許される上方への帰省、初登りを無事終えなければならない。

荷物は重いが、若衆がいない事が、かえって寄り道をする決心をさせてくれたようだった。

新兵衛は、足を急がせながら、十二歳で別れた親友伊助のことを思った。

今から十五年も前のことだ。

当時常吉《つねきち》と名乗っていた新兵衛は、江戸に支店を出している大きな問屋に奉公するために、近江の蒲生を口入屋《くちいれや》と出発した。

奉公の口が掛かるのはたいてい次男三男で、しかも口入屋のめがねにかなった男児である。

江戸に下れば立身も出来る、田舎に錦《にしき》も飾れると、皆心をときめかしたものだ。それは常吉も同じだった。

常吉は両親と兄との四人暮らしだった。田畑は少なく、家は貧しく、次男の常吉は、家を出ていかなければならない身の上だった。

先をみこして母親が寺子屋に通わせてくれたお陰で、口入屋は喜んで常吉を引き受けてくれたのである。

一方の伊助は百姓の長男だった。貧しくても家を継ぐ立場で、口入屋から声は掛からなかった。二人は生まれた時から背負うものが違っていたが気が合った。ともに小百姓の家の倅《せがれ》で同年だということもあったのだろう。とにかく何をするにも、どこに行くのも一緒だった。

家の暮らしを助けるために村の東を流れる川で蜆《しじみ》を取り、一里も離れた小さな町に売りに行ったこともあった。また、村の庄屋や大百姓の田畑の草抜きや小間使いなどもして小銭を稼いで親に渡した。少しもそれを苦に思ったことはない。二人一緒に行動することで、遊びの延長のようなもので楽しかった。

ある春のことだ。二人は山にわらびを取りに入ったが道に迷って一晩抱き合って過ごした事があった。この時二人は、互いの体のぬくもりと心の鼓動を肌で感じて、ますます絆《きずな》を深くしたものだ。

その二人が、こんなに早く別れる日を迎えるとは、実は思ってもいなかった。奉公に出ることになったと常吉が告げた時、伊助は黙って見詰めて頷いていた。

「おまえのこと、忘れへんから……」

常吉がそういうと、

「俺も……」

伊助はきっと見て、言葉を付け足した。

「頑張れよ、俺も頑張る……」

二人はどちらからともなく手を取り合った。

胸がじんとしたのを、常吉は忘れはしない。

村を出る日、常吉が家族に別れを告げて野の道に出ると、伊助が妹のおちよと野の道筋にある一段と盛り上った土手の上に走りあがるのが見えた。そこには大きな桜の木があった。村人から「百年桜」と呼ばれている古木で、地上一間程で太い幹は三つに分かれてねじれるようにして枝を広げ、壮麗な姿を見せている。村人たちはこの桜の木を神木として崇《あが》め、百年桜が満開なら、その年、稲は実りが良いと信じていた。

今、桜は満開で、風が吹くたびに、ちらちら花びらを散らしていた。伊助はその百年桜を背にして立つと、

「常吉ー!……約束忘れたらあかんでー!」

大声を上げて両手を千切れるほどに振っていた。

「元気でなー!」

おちよも、両手を筒にして叫んでいる。

「伊助ー!……おちよー!」

常吉も両手を大きく振って応《こた》えた。

永い別れだと分かっている。会えるのは何時《いつ》になるのか。

今度会う時には、伊助も自分も、おちよもきっと大人になっている筈《はず》だ。その時あの桜もまだ咲いているだろうかと、萌《も》え始めた緑の中に咲きほこる桜の木を見て常吉は思った。

口入屋に急《せ》かされながらも、常吉は振り返り振り返り、故郷蒲生の百年桜と、その下で手を振り続ける兄妹の姿を目に焼き付けた。

翌日、あっちの村、こっちの村から連れられてきた子供たちは、まず京都に集められた。

常吉を含めて二十名近くの子供たちはここで、江戸に店を出している大店《おおだな》の京の本店で面談を受けた。ここで、それぞれの店が、気に入った子供を雇い入れるのだ。

常吉はこの日、大津屋の江戸《えど》店《だな》行きが決まった。

入店して三年が過ぎると元服の式があった。元服すると、吉とか助とかいう名を改める。常吉は新兵衛と名を改めて若衆となった。

そして入店より九年目に初登りを迎えたのだ。

新兵衛は、伊助と会える喜びに、国に帰る前から胸が躍った。

初登りでは京の本店にまず挨拶《あいさつ》をしなければいけないが、それが済めば実家に帰れる。休みは五十日ほどあるから、伊助とおちよにたっぷり江戸の土産話が出来ると思っていたのだ。

家に帰る道すがら、案じていた古木の桜も、昔と変わらず青い葉を茂らせているのを見て、新兵衛はほっとしたものだ。

ところが、伊助とおちよは、村から姿を消していた。

母親の話では、伊助の両親は新兵衛が国を出てまもなく流行病《はやりやまい》で亡《な》くなったというのである。

僅《わず》かな土地も人手に渡っていて、十歳になったばかりの妹のおちよは京の女郎屋《じょろうや》に売られて行き、伊助は十三歳で江戸の木綿問屋『浜中屋《はまなかや》』に奉公に出たのだという。

新兵衛は伊助が住んでいた家に走ったが、もはや雑草の中に半分朽ちて崩れた廃屋となっていた。

新兵衛はしばらくその前に立ち尽くした。この時、新兵衛は思ったのだ。

この山川を伊助は忘れる筈がない。貧しかった暮らしを忘れる筈がない。育《はぐく》んでくれたこの故郷を糧《かて》として、伊助は、きっと立派な商人になるに違いない。自分も負けてはいられないと改めて誓った。

まもなく新兵衛は、江戸に戻って手代となった。だが、伊助の事に思いをはせながらも、ついに一度も浜中屋を訪ねたことはなかった。

なにしろ浜中屋は、江戸店を出して日が浅い。せいぜい、二、三十年ほどだ。だからまだ日本橋近辺に店は出せずに四谷《よつや》の麴町《こうじまち》に暖簾《のれん》を掛けたのだと聞いている。

新兵衛が訪ねてやらなければ、伊助の方からこちらの消息を知るよしもないのだが、手代になったばかりの新兵衛に、そんな時間は無かった。月に一度の休みはあったが、休みの日にやらなければならない用事も多く、小頭を目指そうと思えばなお、昔の友人を訪ねて行くほどの心の余裕も無かった。

もう少し出世したら会いに行こうか、などと考えているうちに今日に至っていた。

会えなくても親友だ。親友の伊助がこの江戸で頑張ってるんだ。だから俺も頑張るんだと、辛い時には楽しかった伊助との思い出を頭に浮かべて、新兵衛は辛抱してきたのである。

――伊助の顔さえみればそれでいい。

いや、きちんと勤めていることが分かればいいと、新兵衛は足を急がせて四谷に向かった。荷は重く気は急いた。

浜中屋の暖簾に辿《たど》り着いた時には、首筋にうっすらと汗をかいていた。

店先にいた手代に、伊助に会いたい、郷里の者だと告げると、

「伊助さん……」

手代はびっくりした顔で、新兵衛を見返した。

「いや、もう元服して名は改めていると思いますが、幼名は伊助、近江の蒲生の出です。そして私は」

手代は新兵衛の話を遮《さえぎ》るように手を上げると、

「お気の毒ですが、亡くなりました」

と言ったのである。

「亡くなった……」

「はい、伊助さんは元服して名を清治《せいじ》と改めておりました。得意先回りに出て、竹町《たけちょう》の渡しに乗ったようですが、その船が転覆して……」

「すると、昨年秋の……」

新兵衛は呆然《ぼうぜん》とした。その話を聞いてから、かれこれ半年近くになる。確かにその事故のことは読売屋の記事でも見た。事故の話は他人《ひと》ごとと忘れかけていたのだが——。

信じられない思いで、新兵衛は浜中屋を後にした。

二

あれから三日、新兵衛は材木町《ざいもくちょう》の渡し場から、対岸の本所竹町の渡し場に向かう船を眺めていた。

船には十人ほどの客が乗っている。向こうの岸には四、五人の客が乗った船と、あと二艘《そう》の船が待機していた。新兵衛が立っている岸にも船が二艘客待ちをしている。どうやらこの渡しは、六艘で営業しているらしかった。

この辺りの川幅は九十二間、いま丁度船は川の中程にさしかかったところである。午後の日差しを受けて川面《かわも》が時折きらりと照り返すと、その光が船上の娘三人の着物に映えて、渡し船を雅《みやび》に彩《いろど》っていた。

竹町の渡しと呼ばれているこの渡しは、西の岸は材木町、東は本所中《なか》ノ郷《ごう》竹町の岸を結んでいるが、宝永二年の浅草観音の祭礼の日に、四十人もの客を乗せた渡し船が転覆している。

それ以後渡しの定員は十人と定められ、吾妻橋《あずまばし》を架けたのちも船に乗る人は絶えないらしい。この地が、佐倉《さくら》、水戸《みと》に通じた要所で、それにやはり船の方が歩くより早いということなのか。

――それにしても……。

伊助は自分が乗った船が転覆するなど夢にも思わなかったに違いない。

「船に乗っていたのは十三人だったんだ。確かに定員以上だが、馬を運んでいる訳じゃあねえ、人間だ。定員より二、三人多くたってどうということもねえんだ。ただ、あの日は風が強かった。川の中程で突風に遭ったんだ。それさえなかったら転覆なんかするもんか」

船着き場で客を呼び寄せていた初老の男は、その時のことを話してくれた。

「乗っていた者全員が亡くなったというのは間違いありませんか」

新兵衛は訊《き》いた。

「船頭以外は皆溺死《できし》したと聞いてるぜ」

「亡くなった者も気の毒だが、船頭の松蔵《まつぞう》も気の毒だったよ。家にはかかあとガキが二人いるんだがね、お上は松蔵を遠島《えんとう》にしちまったんだ。遠島だぜ、何時《い》帰《つ》ってこられるかわからねえんだ。残された者はどうすりゃいいんだよ」

「……」

初老の男は口から泡を飛ばした。

新兵衛は浜中屋の手代の話を思い出していた。

浜中屋ではその日、伊助の帰りが遅くて皆で手分けして探していたらしい。商品を背負ったまま、或いは集金した金を持ったまま、姿を隠す奉公人は、浜中屋に限らずあったからだ。また、何かの事故に遭っているかもしれないという心配もあった。

ところがそこに、船が転覆し、浜中屋の屋号の入った風呂敷包みが川から揚がったと報《しら》せがきた。

伊助がその日、本所廻りだったことは分かっていたし、時折船を利用していることも知っている者がいて、番頭と手代一人がすぐに船着き場に駆けつけた。

すると、伊助の遺体は揚がってはいなかったが、確かに浜中屋の風呂敷包みは、水をたっぷり吸った桟留《さんとめ》の商品と一緒に、遺品として莚《むしろ》の上に並べられていた。

　遺体を引き揚げていた男は、荷物は船が沈んだ場所から五間ほど下流に沈みそうな状態で浮いていたのだと教えてくれた。

　遭難した者の中で、近辺の両河岸に泳ぎ着いた者は一人もいないことから、浜中屋では伊助こと清治が遭難したと判断したというのであった。

　新兵衛は、実はその話を納得していなかった。

　余人は知らないことだが、伊助は子供たちの中でも村一番の泳ぎ上手だったのだ。

　大人顔負けの達者だったから、仮に伊助が船の転覆に遭ったとしても、荷物を体から放せば泳いで岸に渡り着くぐらいはなんでもないのではないかと思ったのだ。

「親父《おやじ》さん、みんな遺体で揚がったんじゃないんだね」

「そうだな」

　初老の男は頷いた。

「乗っていたのは十三人だってことは分かってたんだが、遺体が揚がったのは十一人だと聞いてるぜ。ただ秋も深い頃だ。水も冷てえ。一瞬にして心の臓がとまっちまうってことはあるんだ。そのまま沖に流されたら、どう捜したってみつからねえさ」

「……」

とうとうと流れる川を眺めながら、いや、それでも伊助はやはり生きているのではないかという疑念が新兵衛の胸に膨らんでいた。このまま店には帰れないと思った。

「船に乗せて貰《もら》うよ」

新兵衛は、初老の男に二文を払うと、客待ちの船に乗り込んだ。

丁度対岸を出てこちらに渡ってきた船が間近に見えたところだった。

「船が出るぞー！」

初老の男が一声叫ぶと、船頭が竿《さお》を使って、ぐんと川の中に船を押し出した。

客は新兵衛を入れて五人だった。

供を連れた若旦那《わかだんな》、小粋《こいき》な妙齢の町の女、そして白髪の老婆《ろうば》が一人、皆船が走り出すと青々とした水の流れに目を奪われた。

「綺麗《きれい》だねえ……」

小粋な女が感嘆の声を上げ、船の外に手を差し出した。青い水の流れに、つい触れてみたくなったのだろう。

「危ないよ、また船が転覆したらどうするんだ。道連れは御免だからね」

老女が女を叱《しか》り飛ばした。

「ふん、なんだい。いい年して。道連れ御免は、こっちのいう台詞《せりふ》だ」

女も負けずに嚙みついた。

「なんまいだぶ、なんまいだぶ」

老婆は川の中頃で手を合わせた。妙に船の中は静まりかえって、皆一様に深い水の底を怖々《こわごわ》覗《のぞ》いた。

新兵衛には、この水の底から、今にもふいに元気な伊助が、口から水を噴き上げて上がってきそうにも思える。

——伊助……。

新兵衛の脳裏に、奉公に出るまでの、蒲生で伊助と遊んだ少年の頃の思い出がまた甦《よみがえ》った。

そういえば伊助の妹のおちよも、常兄ちゃん、常兄ちゃんと、新兵衛を兄のように慕ってくれていたものだ。

「うちはなあ、大きゅうなったら、常兄ちゃんのお嫁さんになるんや」

おちよはそんな可愛《かわい》らしいことを言ってくれていたから、常吉も本当の妹のように思ったものだ。

なにしろ伊助は、泳ぎはうまかったし魚を捕るのも上手だった。仕掛けで鳥を捕るのも並外れていた。おまけに喧嘩《けんか》が強い。常吉が他の子に虐《いじ》められた時には、必ず伊助が仕返しをしてくれた。

常吉はその逆で、泳ぎは下手、魚には逃げられる。鳥には糞《ふん》を掛けられるのが落ちで、いつも伊助の後をついて歩いていたが、寺子屋での成績は良かった。

伊助には寺子屋で習ったことを何度教えてやったかしれない。

ある日の事だ。丁度この日のように、春の初めのことだった。

野うさぎの罠《わな》に掛かった小鹿《こじか》を巡り、村の三人の男児と諍《いさか》いになったことがある。

罠は伊助が仕掛けたものに間違いなかったが、三人の男児は自分たちのものだと言ってきかない。そのうちに、

「水飲み百姓のくせして生意気だぞ！」

三人のうちの一人があざ笑った。声まで蔑《さげす》みの響きに満ちていた。

確かに三人の家は、常吉と伊助の家よりずっと沢山の田畑を持っていて裕福だった。だからこそ子供の常吉と伊助の胸では何か強く弾《はじ》けるものがあったのだ。

二人はいきなり三人につかみかかり、春浅き野原で殴り合った。常吉はすぐに組敷かれて逃れるのに必死だったが、伊助は右に飛び、左に飛びして三人をやっつけた。

やがて三人は泣きながら去って行った。

「やったぞ、ざまみろ！」

二人は口や額から血を出しながら、まだ枯れ草の目立つ原で転げ回って笑い合った。暫《しばら》くして伊助はむくりと起きると、

「常ちゃん、約束しようぜ。これからも、きっと助け合っていくんやって」

伊助が手を出して来た。

「約束や、きっとな。俺たちは今日から兄弟や」

二人は深く頷くと見詰め合ってから幼い手を互いに握り合った。

その時だった。

哀しそうに小鹿が鳴いた。雉《きじ》によく似た声だった。

「常ちゃん、こいつも気の毒や、放してやるか。鹿は神さんの使いいうやろ、それに、今日は二人が義兄弟になった記念の日や」

伊助のその言葉で、二人は罠から小鹿を放した。

目ばたきをひとつして、飛ぶように走り去った小鹿の鮮やかな姿は、今でも脳裏に焼き付いている。

あんな優しい一面もあった伊助が、まさか押し込みなどするもんか。

船を下り、竹町の渡しをお上から任されている渡船の親方、岸田屋佐兵衛《きしだやさへえ》を訪ねた。

あいにく佐兵衛は留守だったが、女房が転覆事故の記録を確かめてくれた。

「浜中屋さんの手代で清治さんですか……そのような名の遺体はあの後も揚が

っていませんね。もっとも遺体が揚がっても身元の分からない人もおりましてね。そういう方は町奉行所の手で回向院《えこういん》に葬《ほうむ》られました。うちも大変でしたよ。御奉行所から厳しいお叱りを受けましたし、今度転覆させたら鑑札《かんさつ》は取り上げる、なんて脅されて……」

女房は困惑した顔で言った。

浜中屋の庄二郎《しょうじろう》という手代が新兵衛を訪ねてきたのは、その日の夕刻七ツ半頃だった。

腕には茶色の風呂敷包みを抱えていた。使いの帰りに立ち寄ったと言い、私も蒲生出身で、清治さんとは二つ違い、だから本当はずっと気になっていたのだと告げ、

「清治さんをお訪ね下さった方がいたと聞きまして、ひょっとして幼なじみの常吉さんていう方ではないかと思いまして参りました」

と言う。

新兵衛がそうだと答えると、

「やっぱりそうでしたか。実は清治さんは時々昔の話をしてくれたんですが、一番の親友は常吉さんだったって言っていたんです。自分より一年早く江戸で奉公している筈だ。なんというお店か知らないが、何時か会えると思ってる。だから俺も頑張れるんだって……」

「そんな事を……」

新兵衛は驚いた。伊助も自分のことを忘れてはいなかったのだ。同じことを考えていたのだ。

「昔の親友なら、これは耳当たりのいい話ではございませんが、私の知っている限りのことをお伝えしたほうがよろしいかと……」

新兵衛の顔を窺《うかが》う。

「是非……是非話してください」

新兵衛は店の者の目を気にして、すぐに戻って来る、そう言い置いて、庄二郎を近くの蕎麦《そば》屋に連れて入った。

手代は、店の金で客の接待をすることが許されている。庄二郎を客とごまかして蕎麦一杯おごることも出来ないことはないが、小頭は目の前だ。それに今では年に七両ほどの給金を貰っている。けちな真似《まね》をしていらぬ腹を探られるようなことはしたくなかった。

新兵衛は、自分の巾着《きんちゃく》から銭を出して注文し、はやる心で庄二郎の言葉を待った。

「死人に口なしで、私もこんな事をいうのは清治さんに申し訳ない気持もあるのですが……」

庄二郎は前置きすると、清治は船の事故に遭う少し前に、集金した店の金を使い込んだ事が発覚し、番頭に厳しく叱られたことがあるのだと言った。

本店が京にある大店の奉公人はどこも似たようなもので、元服すると給金が支給される。最初は年にして四両か五両の給金だが、以後は働きによって上がるし、役職がつけばいっそう給金は増える。

しかし、たいがいこの給金を奉公人に全額渡すことはしない。店が預かり、本人の希望によって入り用の分だけ渡してやる。

奉公人が店を辞める時には、勤務に相応したお金や反物などの餞別《せんべつ》が渡されるが、その時に預かっていた給金も一緒に渡すのだ。店を辞めたあとの暮らしがなりたつようにという店側の配慮だった。

仮にこの江戸で、一度に大金を手にすれば、ふと気持もゆるむ。誘惑は数知れずあり、道を踏み外すのを防止する意味もあるらしかった。

それにこれは大津屋もそうだが、給金を貰えるようになったからといって、金で買えるものを何でも手にする事が出来るということでは無い。

例えば着るものや持ちものなども、細かく店内の階級によって決められていた。その決まりから外れた物を手に入れることは御法度《ごはっと》なのだ。博打《ばくち》は奉公人全て酒は手代になれば嗜《たしな》めるが、度を越すことは許されない。博打は奉公人全て厳禁となっていて、博打場に足を運んだ事が知れれば即刻首だ。

そして女も、表向きは禁じられていた。ただ女については、奉公している間は番頭であれなんであれ妻帯は出来ないから、女郎屋に通うのは見て見ぬ振りをしてくれる。但《ただ》し、これも限度もので、のめり込んで金に困り、店の金や商品に手を出したら、厳しい処分を受ける、自身で自身を律することがこの江戸の大店で生き残る術《すべ》だった。

なにしろ商いは、お客の信用の上に成り立っている。金の扱い方には一文の間違いも許されない。

清治は、使い込んだ金を店で預かって貰っている給金で返済しようとしたらしいが、預かってもらっていた額よりもそれは大きく、この先二年分の給金を返済にまわすよう厳命されていたらしい。

そんな時に船の転覆事故が起きた。店は結局遭難で決着したが、庄二郎は、清治には住吉町《すみよしちょう》の岡場所に好きな女がいると知っていたから、ずっと前から清治の行状を案じていた。

「私はひょっとして生きているのかもしれないなと思っているんです」

庄二郎はあたりに視線をやってから眉《まゆ》をひそめて告げた。

「生きてるって……」

「ええ、あたしは、清治さんから聞いたことがあります。俺は泳ぎはうまいんだぞって……」

新兵衛に顔を寄せると小声で言った。

「……」

新兵衛は相槌《あいづち》を打つのが恐ろしかった。竹町の岸田屋を訪ねた時に、もう調べるのは止《よ》そうと考えたところである。

新兵衛が動揺している訳を知るよしもない庄二郎は話を続けた。

「事故に遭ったのを幸いに、自分はもう死んだことにしよう、清治さんがそう思っても不思議はありません」

「庄二郎さんは、女の名を聞いているんですか」

「はい。ぼたんという人でした」

「ぼたん……」

「はい、妹も女郎宿に売られたんだ、人ごととは思えない、そんな事を言っていましたね。もちろんこの事は、お店には内緒の話です。新兵衛さんも絶対、どなたにも話さないで下さい。お願いします」

庄二郎はそういうと、急いで蕎麦をすすりながら蒲生の田舎の話をしていたが、六ツの鐘が鳴り始めると、慌《あわ》てて店に帰って行った。

——伊助は生きているかもしれない。

庄二郎の親切は、伊助の消息を追うのを諦めかけていた新兵衛の胸に、また不安な波風を立て始めていた。

近いうちに住吉町の女に会ってみよう。伊助の生死を調べることは、伊助の闇に足を踏み入れることになるかもしれない。しかし、大津屋の手代としても、また幼なじみとしても、確かめずにはいられない。

避けては通れないのだと、蕎麦屋を出た時には、腹を決めていた。

三

「それで、何か分かったのでしょうか」

利左右衛門は、同心神保喜八郎と岡っ引の銀蔵に茶を勧めながら訊いた。

新兵衛は店の反物を整理しながら、三人の会話を聞き漏らすまいと耳を立てた。

「それだが、ここで男衆の多岐蔵に殺された男は無宿人《むしゅくにん》の綱五郎《つなごろう》っていう男だった。生まれは上州、水飲み百姓の倅《せがれ》だったらしいが、村の籾倉《もみぐら》から米を盗んで無宿者になったようだ。江戸に流れて来て古着屋に傭《やと》われたが、これも長続きせず、両国《りょうごく》の芝居小屋で用心棒のような事をしていたらしい。だが、五年前に喧嘩で人を傷つけて人足寄せ場《にんそくよせば》に送られていた。それで身元が詳しくわかったんだが、人足寄せ場の役人の話では、そうとうこの世を恨んでいたらしい」

利左右衛門は、喜八郎の言葉に、いちいち頷いている。

喜八郎が、お茶に手を伸ばしたところで、銀蔵が代わって話を継いだ。

「綱五郎が籾倉から米を盗んだのは、春に蒔《ま》く種籾もない有様だったからだと聞いておりやす。種籾を買う金もねえ、せっぱつまっての犯行だったらしく、そのこと自体は同情するところもあるんですが、その後がいけねえ。人足寄せ場から戻ってきてからは富沢町《とみざわちょう》の博打場に通い詰めていたようですから」

「すると、逃げた男も、人足寄せ場か博打場で知り合ったということですか」

利左右衛門が訊いた。

「おそらく、博打場で知り合った者じゃないかと今調べているところだ」

喜八郎は言い、

「それで一つ訊きたい事があってやってきたのだが、まさか昔この店にいた奉公人ということはないでしょうな」

「まさか……」

利左右衛門は笑った。

新兵衛は、ぎょっとした。一瞬丸巻きをしていた手が止まったが、さりげなくまた手を動かしながら、喜八郎に聞き返す利左右衛門の不安げな横顔をちらと見た。

「何か、神保さまがそのように感じられることがあったのでしょうか」

「ここに奴《やつ》らが押し入ってきた時の事だ。賊が、この月はじめは掛取りの日だ、その金を出せ、確かにそう言ったと店の者に聞いたが……」

「はい、確かに」

利左右衛門は答えて、はっと気付いて、

「新兵衛、おまえさんは覚えているね」

丸巻きをしている新兵衛に訊いてきた。

「はい……」

新兵衛は手を止めずに頭を下げた。

「つまりだ」

喜八郎は言った。

「この店の春の掛取りが、あの日にあったという事を事前に知っていて押し込みをやった……」

「しかし神保さま、おっしゃる通りでございますが、春の掛取りについては、この大津屋でなくても、京近江から出て来て店を出している商人は皆同じです。数日の違いはあっても、春の掛取りは行っています」

利左右衛門は苦笑して言った。

実際上方から下ってきた商人は、年に六回の大がかりな掛取りを行う。春の掛取りはそのひとつで、大津屋に限ったことではないのである。

ただ、さすがに北町の同心だ、肝心なところを踏んでいる、と新兵衛は思った。

「いや、大津屋に覚えがなければそれでいいんだ。一応訊いておかないとな」

これは他の店の事件だが、辞めさせられた店を恨んで、盗みに入った不埒《ふらち》な奴もいるのだと喜八郎は言った。

「いやね、なぜそんな事を旦那がお訊きしたのかといいますと、綱五郎が富沢町の賭場《とば》で近頃仲良くしていた男が、どうやら元お店者《たなもの》だったとは分かっているんでさ。輿之助《よのすけ》と名乗っていたらしいのだが……」

銀蔵は、きらりと光る目で利左右衛門を見た。

「興之助ですか……覚えがございませんな」

利左右衛門は、首を横に振って否定した。

「分かった。何、万が一にもこの大津屋の店に奉公したことのある者なら、お縄にする前に知らせないと、そちらの都合もあるかと思ったまでのことだ」

喜八郎はそう言うと、おい、行こうかと、銀蔵を促して立ち上がった。

利左右衛門は二人が帰ると、しばらく考えている様子だったが、

「新兵衛」

近くにいる新兵衛を呼ぶと、

「暇を見て一応皆に聞いておいておくれ。先ほど旦那が言ったことだ。前にここを辞めて行った者が江戸に舞い戻っているのを見たことがあるかどうか……」

利左右衛門も、喜八郎にはああ言ったものの、不安にかられた様子である。

大津屋では、何か不都合があって店を辞める場合には、表向きは京への上りの旅という形をとって、監視付きで田舎まで送り届けている。

この江戸に居て、何か事件を起こしたりすれば大津屋の名が出る、そのことを恐れるためだ。

先ほど喜八郎が、万が一大津屋に関係する者だったら、大津屋の意向を無視して、捕縛《ほばく》することもできまいといった話を持ち出したのも、手前の店の不始末は手前でけりを付けるというのが大店独自の法だったからだ。そのために、役人への付け届けもたっぷりしてあるのである。

「承知致しました」

新兵衛は神妙な顔で頷《うなず》いた。

――もう猶予《ゆうよ》はない……。

新兵衛は月に一度の休みの日に、住吉町の岡場所に出向いた。

この辺りは昔吉原《よしわら》があったところで、道の幅や町のたたずまいが、まだ当時を偲《しの》ばせる。

秘法薬、龍《りゅう》の玉――などと書いた怪しげな薬屋の看板を見ると、新兵衛などは、どきりとする。

御伽羅之油《おんきやら》、紅白粉《べにおしろい》――の看板を上げた小間物屋の店で、岡場所の所在を聞くと、すぐそこだと教えてくれたが、店番の年増《としま》の女が妙にねばっこい視線を送ってきたのには困った。

新兵衛は急いで外に出た。そして女が教えてくれた古着屋の店が並ぶ一画にある木戸を見付けて入った。

見たところ、普通の裏長屋である。こんな場所で春を売っているのかと眺めていると、手前右手の長屋の戸が開いて若い男が出て来た。

そして、なじみの女がいるのか、初めてなのか、などと新兵衛に聞く。

どうやら男は、この長屋で女たちを差配しているようだった。ざっと見たところ長屋は両脇《わき》に五軒ずつあった。

奥の家からは、はばかる事もなく、女のなまめかしい声が聞こえてくる。

新兵衛は身が竦《すく》んだ。

三年前に一度、先輩手代に連れられて深川の女郎宿に行ったことはある。

だがそれが最初で最後、女が春を売る場所に近づいた事はない。

一度きりだが女を抱いて思ったことは、こんな場所に二度、三度と足を踏み込めば、これまでに貯《た》めてきた金を、そっくり、瞬《また》く間に使ってしまいそうだと――。それほど新兵衛には、女の体というものが、魔性のものに思えた。

大津屋が、博打や酒と並べて女を買うことに厳しい目を向けるのも、そういう事だったのだと、その時素直に思った。金を貯め、立身をするためには、自身を律し、誘惑されるような場所には踏み込まないことだ。その時から新兵衛は固く誓っていた。

「すまないが、ぼたんという女に会いたいんだが……」

新兵衛は差配の男に告げた。

「ああ、ぼたんなら、もういませんぜ」

男は、ぼたんは身請《みう》けされたと教えてくれた。

「誰に身請けされたんだね」

「そんな怖い顔をしなさんな。確か輿之助とか言ってたな」

「輿之助……」

新兵衛は驚いた。

先日、北町の同心神保喜八郎が挙げていた名も、輿之助だった。

新兵衛は、咄嗟《とっさ》の嘘《うそ》をついた。

「そうか興之助か……どうするのかと案じていたんだが、これでほっとした」

「お前さんは、興之助さんをご存じなんで……」

「知っているとも、友達だったんだ。瘦《や》せてはいるが喧嘩は強い男でね。そうそう、眉間《みけん》にほくろがあるだろ、だけど目は切れ長でいい男ぶりなんだ」

「ふっ、確かにそうだな。ぼたんもそれに参っちまったようだぜ」

男はくすくすと笑った。

新兵衛は、闇《やみ》の中でようやく蛇の尾っぽを摑んだような気がしていた。

今新兵衛が言った顔の特徴は伊助のもので、もしそれが興之助という男と良く似ているというのなら、興之助こそ伊助の仮の姿ではないか。

「すまないが、興之助の居所を知っていたら教えてくれないか。親が心配していてね、一度興之助に会って家に帰れと言ってやりたいんだ」

新兵衛は、小粒ひとつ、懐紙に包んで男の袖《そで》に落として言った。

身請けされるとなったからには、ぼたんという女も、同僚や世話になったこの目の前の男たちに、新しい暮らしを始める家を知らせずに旅立ったとは考えにくいと思ったのだ。

果たして、男は何の警戒心もなく教えてくれた。

「あっしがぼたんから聞いたのは、本所松倉町《まつくらちょう》だとか言っていたな。一度行ってみなよ、まだ身請けして半年にもならねえから、そこから引っ越したとは思えねえ」

「ありがとう。ついでにもう少し聞きたいのだが、いや、これも奴のおふくろさんを説得する時にね、参考になるかと思ったんだが、ぼたんという女はどういう女ですか」

「ぼたんは……」

男は少し考えてから言った。

「年はよくはわからねえが……ここにいる女の年は皆そうだからな。年齢不詳って奴だ。ただ生まれについちゃあ、そうだ、近江から流れてきたんだと言っていたな」

「近江国……」

「ああ、琵琶湖《びわこ》が見えるところだとか……なんでもはじめは京の五条の女郎屋にいたとか言っていたな。江戸にはそこから転売されてきたって訳よ」

「……」

「ぼたんにしてみれば、興之助のような男に巡り会わなかったら、そのうちにこの長屋も追い出されて死んじまったかもしれねえんだ」

「病もちだったのか」

「心の臓が悪かったからね。そういう訳だから、親方もあっさり手放したらしいや」

これぐらいでもういいだろうと、男は話を切り上げて手前の長屋に入って行った。

「きゃははは、やだ……」

突然女の大げさな嬌笑《きょうしょう》が路地に流れて来た。

新兵衛は、耳を塞《ふさ》ぐようにして長屋を出た。

四

「ちょいと待ちな」

新兵衛は、古着屋の前で突然呼び止められた。

振り返ると、あの銀蔵が若い下《した》っ引《ぴき》一人を連れて新兵衛に近づいて来た。

「これは親分」

平静を装《よそお》って立ち止まった新兵衛に、銀蔵はにこにこして言った。

「珍しいところで会うもんだ。確か新兵衛さんだったね」

顔は笑っているが、銀蔵が新兵衛を見る眼は射るようだった。新兵衛を呼び止めた言葉の色でも分かるように、大津屋に調べに来た時の銀蔵とは違っていた。

新兵衛は神妙な顔で答えた。

「はい、本日はお休みなんですが、お得意先に用がございまして」

「そりゃ熱心なこった。あっしはまた、何かあの時の賊に思い当たる者がいて調べに来たのかと思いやした」

「まさか、とんでもないですよ」

咄嗟に否定したが、背筋が凍った。

銀蔵がこの辺りを徘徊《はいかい》しているという事は、富沢町の博打場や、さっき出て来た岡場所を探るために来ているのかもしれないのだ。

新兵衛は自分の名前を、先ほど出て来た岡場所の男には告げてはいない。だが、銀蔵があの岡場所に辿り着いた時には、新兵衛が輿之助という男を捜していた事はすぐにばれる。

「新兵衛さん、どうしやした。少し顔色が悪いようですぜ」

銀蔵はにやりと笑う。

「いえ、そんなことはございません。いつもこういう顔で」

「ならいいんだが、そうだ、ひとつ教えやしょうか。あの賊のことです」

「ええ……」

「やっぱり輿之助という男が綱五郎とつるんでやったんだろうと、これはあっしだけでなく、神保の旦那も考えておりやしてね」

「……」

「その輿之助が、どうも上方《かみがた》の男じゃないかと、そこまでは分かったんだが、新兵衛さんに心当たりはございやせんか」

問いかけはあくまで低姿勢だが、ひとことひとことには針が含まれているような気がする。

「いえ、存じません。あの日、番頭さんからも店の者に確かめるように言われたんですが、誰も心当たりはないようでした」

「しかし、旦那とあっしが行った時の聞き取りでは、あの慌《あわただ》しい押し込み働きの中で、賊が一瞬躊躇《ためら》いを見せたことがあったというではありやせんか」

「……」

「それが新兵衛さん、あんたと向き合った時だと聞いておりやす」

「まさか……そんな事はございません。もしもそう見えたのなら、私があんまり怖い顔をして睨《にら》み返したからではないでしょうか。あの時私は、命を張ってでも、賊の言う通りにはならないぞと、そういう気持でしたからね」

「なるほどね……確かに品行方正な新兵衛さんが、そんな輩《やから》と知り合いの訳はねえ。あっしもそれはそう思うのですが……」

またじろりと嫌な目を銀蔵は向けてくる。

「それにしては、新兵衛さん、あんた、近頃いろいろ調べ回っているそうじゃありませんか」

新兵衛は、ぎょっとしたが、かろうじて平静に言葉を返した。

「ああ、それは、まったく関係のないことです。知り合いの者が昨年の竹町の渡しの転覆事故で亡《な》くなったことを今になって知ったものですから、せめて線香の一本も手向《たむ》けてやりたいと思いまして」

「竹町の渡しの転覆ねえ……」

銀蔵は、きらと新兵衛を見た。

しまった、銀蔵は渡しの転覆にはまだ気付いていなかったのかと思ったが後のまつりだった。

「はい」

神妙な顔で頷くと、

「なるほど、それで良く分かりやした。いや、手間をとらせてしまいやして……」

銀蔵はようやく問いただすのを止めた。ほっとして新兵衛は足を踏み出した。

だが、

「そうだ、新兵衛さん」

また呼び止められた。

「言わずもがなの話ですが、新兵衛さんはあの時、賊を真正面から、それも間近で見た、たった一人のひとです。顔を隠していたとはいえ、むこうもそれを気にしているかもしれねえ。新兵衛さんに危害を加えようと考えているかもしれねえ。もし、何かあった時には、遠慮せずに、すぐにあっしか神保の旦那に知らせて下さいやし」

「はい、そう致します」

「お願いしますよ、どんな小さな事でも言ってくれなくちゃあ探索はすすまねえ。何かに気付いているのに気付かないふりをするのも、これはお店に対しての裏切り行為だ。新兵衛さんの出世の妨《さまた》げになる。いや、事と次第によっちゃあ、お店にいられなくなるかもしれやせんぜ」

「銀蔵親分」

さすがに新兵衛は、むっとした。あまりに銀蔵の言葉は不躾《ぶしつけ》過ぎる。

「私は大津屋の手代です。万が一、賊のことで何か分かったら一番に親分さんにお知らせしますよ、決まってるじゃないですか」

語気強く言い返した。

「いや、これは言い過ぎました。どうか、気になさらないで下さいやし。あっしも今度ばかりは少し手間取って焼きが回ったようですな」

銀蔵は慇懃《いんぎん》に頭を下げると、下っ引を連れて去って行った。

蛇のような奴だ。

銀蔵の背を見送りながら、新兵衛は苦虫を嚙みつぶしたような気分だった。

本所の武家屋敷を回りながら、新兵衛は揺れる心を制することが出来なかった。

何故《なぜ》だ伊助と、胸の内で何百回繰り返したかしれない。

伊助が同じこの地で暮らしているという思いは、人で溢《あふ》れかえるこの江戸で厳しい奉公暮らしをしている新兵衛にとって、鄙《ひな》びた蒲生の暮らしへの郷愁そのものだった。

ところが突然、それが崩れたのだ。

伊助が凶悪な賊だと名指しされることは、同じ蒲生の人間として、また親友として耐え難かった。

いやそればかりか、今や自分の身の上にも火の粉がふりかかろうとしているのである。

仕事が手につかなかった。得意先回りを早々に切り上げると、新兵衛は大川の河岸《かし》通りに出た。

遠くに吾妻橋が見え、その手前に竹町の渡しの船頭小屋と渡し場が見える。興之助がぼたんと住んでいる本所松倉町は、北割下水の北側だから足を伸ばせばすぐそこだった。

しかし、もうこれ以上の詮索《せんさく》は止めなければならない。

新兵衛は定まらぬ気持を切り替えようと、河岸通りの前栽《せんざい》市場を見て回った。正木、南天に沙羅《さら》の木、さつきもありツツジも見える。それらが所狭しと並べられていて、この場所に来ると春は一層身近に感じられるし、気分の転換にもなった。

この前栽物は葛西《かさい》から運んで来るようでなかなか良いものがある。品種も数も多く、元気が良かった。

買うつもりはなくても、あっちの植木、こっちの植木と手に取って眺めたりしているだけで気分が晴れてくるものだが、やはり今日はそんな気にはなれない。

それどころか、ふっと顔を上げた川上に、渡し船の航行しているのが目に入り、新兵衛は立ち止まって眺めた。

――やはりこのままでは……。

新兵衛は踵《きびす》を返して松倉町に走った。

本所は手の内である。およそ興之助がどのあたりの裏店《うらだな》に引っ越して行ったのか見当はついた。

新兵衛は頭の中にある長屋一つ一つを丹念に歩き、家主に会うこと五人目にして、興之助という男が住む長屋に行き当たった。

興之助が暮らし始めた長屋は、裏が放置された土地で原っぱになっていた。この辺りは裏手が畑というのは多かったが、興之助が住む長屋の裏手は丈の長い草の茂る荒れ地だった。原はまだ枯れ色だが、ところどころに芽吹き始めた草の青が春の到来を告げている。

新兵衛は大家から聞いた家の前でおとないを入れた。

「こちらは輿之助さんですね」

しばらく間があって、

「だれだ」

用心深い声とともに戸が開いた。

「！……」

新兵衛も輿之助も、しばらく声が出なかった。輿之助は紛れもなく伊助だったのだ。

「常吉、よくここが分かったな」

憮然《ぶぜん》として言った伊助のむこう、薄汚い部屋の中に、若い女が臥《ふ》せっていた。

「住吉町に行ってきた。話は聞いたが、しかし、いったい何故なんだ。何故よりにもよって大津屋に……」

新兵衛の声は怒りに震えていた。

「待て、常吉」

伊助が新兵衛を押し出すようにして自分も外に出て来て戸を閉めた。

「ここじゃあ話せねえ」

伊助は先に立って裏の草地に歩いて行く。

新兵衛も荷を背中にしょったまま、伊助に続いた。

伊助は、荒れ地の中程で立ち止まると新兵衛に向いて言った。

「お前に会ったら話したいと思っていたんだが、常吉、俺はお前が大津屋にいる事は知らなかったんだ。俺は死んだことになっている。悪いが何も聞かずにこのまま帰ってくれないか」

「伊助、何故だ。お前らしくもない。何故あんな大それた事をしたんだ」

「お前に分からぬ筈《はず》がない。掛取りがうまくいかず追い詰められた者の気持は、お前なら分かる筈だ」

「……」

「俺は、客から無理矢理金をむしりとる事は出来なかった。むしり取れば、ひょっとして首をくくるかもしれねえ。売りつける時には、大げさに愛想のいい言葉を並べて、相手が思案を重ねる間もなく買う気にさせて反物を置いてきてるんだ。それを考えれば、金貸しのようなことは出来ねえよ。そうやって、相手の懐《ふところ》を斟酌《しんしゃく》してやっているうちに回収が遅れて、しまいには焦《こ》げつく。店に帰るたびに小言を言われて、気分が塞《ふさ》いで、だが暇をもらっても、もう帰る故郷もねえんだ。それでぼたんの所に通うようになったんだ……」

伊助が貯めていた金は瞬く間に無くなった。やがて店の金に手を出すようになり、にっちもさっちもいかなくなった時、渡し船の事故に遭った。

川の中に放り出された時、このまま死んだことにすれば何もかもから解放される、それに、懐にある集金した店の金でぼたんを身請けできると伊助は思った。

伊助は川底を必死に泳いだ。水の冷たさなど分からなかった。夢中で泳いで浮き上がった場所は、転覆した船から随分と離れた遠い流れの中だった。

「うまくいったと思ったのも束《つか》の間《ま》、死んだことにした俺の住む場所は、日の当たらぬところしかない。ぼたんを身請けしたものの暮らしていく金はなかった。まして高麗人参《こうらいにんじん》ひとつ飲ませてやることもできない。博打場に通ってみたが借金はふえるばかりだ。そんな時に綱五郎から誘いがあったんだ。金になる話だとな。俺はあとさき考えずに飛びついた。だから仕事の中味も間際《まぎわ》まで知らなかったんだ。まして大津屋にお前がいるなどと知るもんか……」

「馬鹿《ばか》なことをしたもんだ。伊助、綱五郎は死んだが、輿之助は追われているのを知っているのか」

「だから目をつむっていてくれと言ってるんだ」

「それはできんな、伊助」

「ふん、出世のために、まさか俺を突き出そうというんじゃあないだろうな」

「出世のためじゃない。お前のためだ」

「利《き》いた風な口をきくもんだ」

俄《にわか》に伊助の顔に、凶暴なものが走った。

「この世でたったひとり、俺のことを分かってくれる者がいるとしたら、それは常吉、お前だと信じてきたのに……」

「だからここまで来たんじゃないか」

「俺をどうしようと?……」

「どうもこうもない、いてもたってもいられなかったんじゃないか」

「……」

「お前がいて俺がいる、俺がいてお前がいると、ずっと俺はお前を心のよりどころにして頑張ってきたんだ。同じ故郷から出てきた者として」

「うるせえ！　蒲生の暮らしは思い出したくもねえ」

伊助が両足を開いたかと思うと、新兵衛に飛びかかって来た。躱《かわ》す間もなく新兵衛は、頬《ほお》に拳骨《げんこつ》をくらって後ろ向きに倒れた。

伊助はその新兵衛の腹の上に飛び乗ると、新兵衛の首を絞め上げた。鬼のような形相をしている。新兵衛が見たこともない顔だった。

「阿呆《あほ》、伊助の阿呆」

苦しい息の下で新兵衛が声を絞り出した。一瞬伊助の腕の力が抜けた。新兵衛は思い切り伊助の顎《あご》を下から突いた。そして不意をくらってのけぞった伊助の腹を蹴《け》り飛ばし、新兵衛は起き上がって伊助を組み伏せた。

ぎりぎりと伊助の襟《えり》を絞め上げながら、昔の、幼い頃の伊助なら、こんなに簡単に自分の反撃は受けなかったろうと思った。それほど伊助の体は痩せていた。苦しみは伊助の体から力をそぎ取って行ったようだ。

そう思った時、新兵衛の双眸《そうぼう》から涙が零《こぼ》れてきた。

手代として苦労しているのは自分も同じである。一歩間違えば、自分だって伊助になったかもしれないのだ。

「常吉……」

伊助の目にも涙が溢れている。

新兵衛は手をゆるめて草むらに尻餅《しりもち》をついた。

息が乱れて言葉が出ない。いや、息のせいではなかった。もう何も言葉に出来なかったのだ。

「突き出せ、俺を……お前に突き出されるのなら本望だ。そのかわり……」

伊助も荒い息を吐きながら続けた。

「あのぼたんを養生所に送ってやってくれないか。話を聞いたら、聞いたら……おちよとおんなじで……ほうっておけなかったんだ」

新兵衛は黙って立ち上がった。

「常吉……」

伊助は、縋《すが》るような目で見上げていた。

「伊助、三日の間に引っ越せ。きっとここにも岡っ引が来るぞ」

新兵衛はそう言い置くと、草地を走って出た。

後ろから声を掛けられた気がしたが、振り向かずに走った。

一気に竹町の船着き場に辿《たど》り着くと、待ち受けていた船に乗った。

客は新兵衛一人だった。

新兵衛は船の中から伊助の住んでいる東の空を見た。空はまもなく暮れようとしている。薄闇が覆《おお》い始めていた。

銀蔵は遠からず、新兵衛のしたことに気付く筈だ。罪人の逃亡を助けた者として番頭の利左右衛門の耳にも届く。

そうなれば、どんな制裁を受けることになるのか。もはや罠に掛かった鳥同然だな、と思った時、はっと新兵衛は気がついた。

先ほど草地を出ようとした時に聞いた声の正体は、

——小鹿《こじか》だ……鹿の声だったんだ。

ケーン、ケーン

あの時の鹿の声が聞こえたのだ。故郷で伊助と誓った時に聞いた、あの小鹿の声だったんだ。

新兵衛は、こみ上げるものを飲み込んだ。

——悔いはない。小頭がなんだ。

歯を食いしばって、迫る闇に視線を投げた。

すると船頭が声を掛けてきた。

「旦那《だんな》、ご覧なさいやし、みごとですぜ。この刻限に見る桜は……」

行く手の岸には、満開の桜の木が大きく枝を広げている。夕霞《ゆうがすみ》の中に立つ桜は薄い闇を優しく抱きかかえているように見えた。

新兵衛の目には、それが蒲生の百年桜に見えていた。

葭《よし》切《きり》

一

葭切《よしきり》が鳴いている。

おゆきは、丈の高い草が青々と茂る、寺島《てらじま》の野辺に出た時に気がついた。人の気配に頓着《とんちゃく》ないのか、葭切はしきりに声を張り上げている。

おゆきは、その声を耳朶《じだ》にとらえながら、ずんずんと歩いた。

背後でおゆきを呼びとめる許嫁《いいなずけ》の信太郎《しんたろう》の声がしたが、おゆきはその声に振り向いて踵《きびす》を返す気持はなかった。

今日おゆきは、寺島村にある有名な料理屋『梅乃屋《うめのや》』で信太郎と会っていた。両家の親族が揃《そろ》っての見合いの会食はひと月前にあったのだが、今日の待ち合わせは、信太郎から二人で会いたいとの連絡を受け、致し方なく応じたものだ。

信太郎は大伝馬町《おおでんまちょう》の呉服問屋『伊勢屋《いせや》』の跡取り息子で二十五歳、そしておゆきは、本所《ほんじょ》の北本町《きたもとちょう》で茶の湯の道具を扱っている『大和屋《やまとや》』の娘で、今年で

かった。

もはや行き遅れの年齢だが、許されるならば、おゆきは嫁になど行きたくなかった。

だが、兄の房次郎《ふさじろう》の縁談が持ち上がった時、相手の葉茶問屋『松葉屋《まつばや》』の娘でおらんという人は、我《わ》が儘《まま》な条件を突きつけてきた。

おゆきを嫁がせて外《と》に出した後に結婚したいというのである。

おゆきを育ててくれた母親は既に五年前に亡《な》くなっている。だからおゆきを外に出せば、おらんは大和屋に入ってきても誰にも気を遣わずにすむ。

父親の忠兵衛《ちゅうべえ》も兄の房次郎も、そんな先方の意向などおくびにも出さなかったが、おゆきは女中のおたねから密《ひそ》かに聞いていた。

聞いていたからこそ、信太郎との結婚も承諾したのだ。自分の我が儘で、父や兄に迷惑は掛けられないと思ったからだ。

あからさまに小姑《こじゅうとめ》を追い払ってからなどと言ってきたおらんの意向を父や兄が呑《の》むことになったのも、全《すべ》て商売がらみだったからだ。それはおゆきが見合いをした伊勢屋にしても同じことだった。

伊勢屋は、大奥にも大名家にも出入りしている大店《おおだな》である。茶の湯の道具を扱っている大和屋にとっては、これからの商売に繋《つな》がる願ってもない相手だった。

兄の房次郎の結婚もおゆきのそれも、否《いや》も応もなく、家同士が決めた縁談だったが、御府内《ごふない》の商家の結婚は、大概そういうことで成り立っていた。

ただおゆきは、この話を父から聞いた時、

「おっしゃる通りにいたします。でも祝言《しゅうげん》は、七夕さまが終わってからにして頂けませんでしょうか」

と、頼んだ。

胸の奥に抱え込んだ思いを整理する時間が欲しかったのだ。

忠兵衛は、この申し出を子細を問うことなく許してくれた。おゆきを送り出しさえすれば、房次郎の祝言が晴れて実現する。そう思って胸をなで下ろす父の姿がそこにはあった。

おゆきにしても、縁談を断る理由など見つからなかった。両家が集まった会食の席で見た信太郎に、悪い印象を持つことはなかったからだ。

色が白く役者のような顔立ちだったが、おゆきと相対して座った信太郎が、皆の話にじっと耳を傾けているのを見て、大店の嫡男《ちゃくなん》らしく思慮の深い人だと思ったのだ。

ところが今日、梅乃屋で料理が運ばれてくる間に信太郎に庭に誘われ、大きな紅葉の木の下に連れて行かれた時、信太郎はそれまでの態度を一変させた。いきなりおゆきを抱きしめたのだ。

「あっ」

抗《あらが》うおゆきの口を吸おうと顔を寄せて来た信太郎の胸を、おゆきは思い切り突き放し、慌《あわ》てて梅乃屋を後にしてきたのである。

払いのけた信太郎のねっとりとした掌《てのひら》の感触にはぞっとしていた。数ヶ月後に、あの信太郎に夜ごと抱かれるのかと思うと、今になって嫌悪感《けんおかん》で一杯になった。

おゆきはいらぬ妄想を振り払うように、懸命に歩いた。

まもなく、隅田堤《すみだづつみ》に出た。

この春、息を呑むような妖艶《ようえん》な花を見せてくれた桜の並木は、今や硬い葉を茂りに茂らせて枝を広げている。

その桜道をつっきって土手に入ると、再び草木の茂る小道に出た。隅田川の渡し場に通じる一本道だった。

ここでも葭切が鳴いていた。日差しはまだ残っていたが、焼け付くような暑さは和らいでいた。葭切は葦《あし》や茅《かや》など丈の高い草や小木の小枝で鳴くと聞いていたが、その姿は見えない。

おゆきは土手の上から渡し場を見渡した。土手を下りれば直《す》ぐに船着き場になっている小高いこの場所は、渡し場や隅田川や、対岸の橋場町《はしばちょう》の渡し場が一望できた。

対岸の渡し場には船が二艘《そう》見える。こちらの岸には一艘が待機していたが、今岸を離れるところだった。

おゆきはこの向嶋《むこうじま》にやって来た時には、よくここに立つ。

その理由はたった一つ、三年前に会った啓之助《けいのすけ》という男が忘れられなかったからだ。

それは、おゆきが十九歳になって迎えた七夕祭りの日のことだった。

この日御府内の家々では屋根よりも高く笹竹《ささたけ》を掲げ、そこには願いを書いた短冊《たんざく》や酸漿《ほおずき》を数珠《じゅず》のように連ねたもの、また色紙で造った吹き流し、紙でつくった硯箱《すずりばこ》や水瓜《すいか》、鼓《つづみ》や太鼓、そろばんや大福帳など、さまざま結びつけ、町々の風景は壮観であった。

千代田のお城の内もむろんのこと、吉原さえも見渡す限り七夕一色だと聞いている。

大和屋でも数日前から商売繁盛《はんじょう》を願った笹竹を掲げ、店の前には緋毛氈《ひもうせん》を掛けた腰掛けを置き、来客には抹茶を点《た》てて振る舞っていた。

お茶を点てるのは、父の忠兵衛と懇意《こんい》にしているお茶の師匠だった。師匠は何人かの弟子をひきつれて店に出張ってくれていた。

これも茶の湯の道具や、陶器類、塗り物などの器を売らんがためのものなのだが、風流な催しは人の目を惹《ひ》き、毎年結構な売り上げがあった。

いつもならおゆきも店を手伝うところだが、この日は父に頼まれて、この寺島村にある、さる大店の別荘に志野《しの》の茶碗《ちゃわん》を届けにやって来ていた。

そしてその帰りに白鬚《しらひげ》神社に立ち寄って、本殿に手を合わせた。

向嶋では一番古いと言われているこの神社は、近江《おうみ》の琵琶湖《びわこ》の白鬚神社の御分霊をお祀《まつ》りしているのだと言われていて、祭神は猿田彦命《さるたひこのみこと》。また七福神で有名な寿老人《じゆろうじん》もここに鎮座している。

参拝客は、商売繁盛を願ってお参りに来る者が多いと聞くが、おゆきがここに立ち寄るのは、自分がこの神社に捨てられていたと聞いたからだ。

おゆきはまだ、一歳になるかならぬかの赤子で、竹の籠《かご》に入れられて両手をばたつかせて泣いていたらしい。

丁度お参りに立ち寄った大和屋の主《あるじ》忠兵衛と妻のおりつが、その赤子を白鬚神社からの賜《たまわ》り物《もの》として連れ帰って娘にしたのだ。

おゆきがその話を聞いたのは十七歳の時、おりつが亡くなる直前だった。言い残したいことがあると言い、おりつはおゆきを枕元《まくらもと》に呼んで話して聞かせた。面と向かって告げられたおゆきは衝撃を受けた。だが、すとんと胸に落ちるものがあった。何となく血の繋がりのない事は日頃感じていたことだ。

事実を知ったことで心の中に、何か家族とわだかまりが出来ることはなかった。おゆきは大和屋で実の娘のようにして育てられてきたからだ。

ただ、店にやってくる客や縁戚《えんせき》の者たちの言動で、怪訝《けげん》に思えることがこれまでにも多々あったということだ。

「おゆきをこの家に連れてきた日は、寺島の船着き場の葦の原で葭切が鳴いていてね……」

おりつはそう言っていたから、おそらくこの季節の頃だったに違いない。

それ以後おゆきは、向嶋にやって来た時には、必ず白鬚神社に立ち寄っていた。大和屋に拾われて、両親や兄に愛されて幸せに暮らすことが出来たことを、白鬚神社に感謝していた。

三年前の七夕の日も、おゆきは白鬚神社の社の前で手を合わせ、それから寺島村の船着き場に出た。

渡し船に乗って隅田川を向こう岸に渡り、この正月に納めた棗《なつめ》の代金を貰《もら》ってこなければならない家があったのだ。

おゆきは客待ちの船に乗った。

水は青く、滔々《とうとう》と流れていて、橋場町の船着き場の下流の岸近くには、白い鳥が十四、五羽見えた。

白鷺《しらさぎ》だと思った。優雅に首を伸ばして遊ぶ様を眺めていると、船頭が頃合いよろしく船を漕《こ》ぎながら物知り顔で説明した。

「皆さんお聞き下され。昔ここで『名にしおはば、いざこととはむ都鳥《みやこどり》、わが思ふ人はありやなしやと』と詠《よ》まれたのは、伊勢物語に出て来る在原業平《ありわらのなりひら》さまじゃった。また源頼朝さまが、石橋山の戦いで大敗をしなすった時、安房《あわ》の国にのがれたが、態勢を整えて鎌倉に向かう折に、この隅田川に船数千艘を集めて浮橋をつくって渡られた。かように、この渡しには、様々な話がござる。景色はご覧の通り美しい。ゆったりとご覧下され」

得意げに客を見渡すと、空を見上げて胸を張り、

「イヤハーホイ」

と唄《うた》い出した。

京には見えぬ鳥なれば、渡し守に問うたなら、これなん都とりという
白い鳥の、水の上に遊ぶ姿は、白鬚の使いか

イヤハーホイ
船頭の声に聞き惚《ほ》れているうちに、船は橋場町の船着き場についた。だが、下船してすぐに、おゆきは胃の腑《ふ》に痛みを覚えた。

白鬚神社で飲んだ麦湯が良くなかったのか、差し込むような痛みが来た。

おゆきは思わずしゃがみ込んだ。

「大丈夫か」

おゆきの肩に男の手が添えられた。

見上げると、青縞《あおじま》の着物をはしょり、荷を背負った男が覗《のぞ》いていた。

「胃の腑が急に……」

おゆきは、そう伝えるのがやっとだった。

「それはいかん、手を貸そう」

男は、おゆきの体を軽々と抱きかかえると、河岸地にある木の下に運んでくれたのである。

「丁度良かった、良い薬がある」

男は急いで背中の荷を解き、行李《こうり》の中から、黒い丸薬を出しておゆきの掌に握らせた。そして、

「反魂丹《はんごんたん》だ、飲みなさい。腹痛にはよく効く筈《はず》だ」

腰に着けていた竹の水筒を、おゆきの目の前に突き出した。

「すみません」

おゆきは丸薬を飲んだ。

「しばらくすればおさまるだろう。それでも痛みが取れぬと言うのなら、私の知っている医者が諏訪町《すわちよう》にいる」

男は荷を包んでいた風呂敷《ふろしき》を広げて、ここに休めばいいと勧めてくれた。

「私はもう大丈夫です。どうぞ、先をお急ぎ下さい」

おゆきは、男に礼を述べて促した。男が富山の置き薬売りだったからだ。

年に二回ほど、この江戸にも富山の薬売りがやって来る。

大和屋にも来ていて、男のような姿は見慣れた格好だった。

「ご心配なく、私は急ぐことはありません」

男はそういうと、おゆきに気遣いをさせないように、木の下を離れて行った。

そして四半刻《しはんとき》ほどして戻って来たが、その時にはおゆきの腹の痛みはとれていた。

おゆきは男に改めて礼を述べた。そして自分の名を名乗り、大和屋という茶道具屋の娘で、この近くに住むお客に集金に向かうところだったと話した。

すると男は、微笑《ほほえ》みを浮かべて、

「私の名は啓之助といいます。ご覧の通りの薬売りです。どうです、私の薬は効きましたか」

胸を張って笑った、恩着せがましいところが少しもない。白い歯がさわやかだった。

富山の薬売りになるには、商人としての素養はむろんのことだが、薬学医学にも通じ、しかも人品《じんぴん》卑《いや》しからぬ者でなければならないのだと聞いたことがあるが、なるほど目の前にいる啓之助という人は、武士にしてもいいような品格を備えている。

きりりとした目尻《めじり》を細めておゆきの顔を覗く啓之助に、おゆきもつられて、

「はい、とても……いいえ、もうすっかり」

笑みを返す。

おゆきは啓之助という好人物に、一瞬にして心を奪われていた。なんとも頼もしく感じる人ではないか。眉《まゆ》は濃く、目の色は深く、目尻は締まっていて、それに親しげながら礼儀をわきまえた身のこなし。体は何をして鍛えているのか引き締まって見えた。

「お腹《なか》の痛みがとれたようでほっとしました。ほっとしたついでに、いかがですか？……これも何かの縁、そこの水茶屋で一服」

「お茶を……」

「はい。あなたがお腹の痛みに堪えている間に、見付けておいたのです。きっとすぐ回復するだろうと思ってね」

「まあ」

おゆきは、袖《そで》を口に当てて笑った。

「実は、お茶を出している娘がなかなか美人だったんです。でもこうして見ると、どうひいき目に見ても、あなた程じゃない」

おゆきは声を出して笑った。

啓之助は冗談がうまいと思ったが、嫌みは少しもなかった。なるほど腹の痛みが治まってみると、正直喉《のど》も渇いている。

「ご一緒します」

おゆきは、啓之助とその水茶屋に入って、熱い茶を飲んだ。啓之助は、団子も食べた。

もぐもぐと美味《お》しそうに口を動かす啓之助の横顔に、おゆきは思いつくまま近辺の話をして聞かせたが、わずか半刻ほどのこの時間は、おゆきにとっては忘れられないものとなった。

「また来年も、この江戸にいらっしゃるのでしょうか」

別れ際《ぎわ》におゆきが尋ねると、

「他の地にまわされない限りそうなると思うのだが……」

少し曖昧《あいまい》な答えを返してきた。だが、啓之助の目は、まっすぐおゆきの目をとらえていた。

おゆきも啓之助を見詰めたが、胸は息苦しいほど波打っていた。これまでに体験した事の無い熱い感情だった。

恥ずかしくなって目を伏せると、啓之助が手を伸ばしてきた。どきりとしたおゆきの手を、啓之助はそっと取った。そしてその掌に、あの丸薬の入った包みを握らせてくれたのだった。

はっと見上げたおゆきに、啓之助は真剣な目で言った。

「差し上げます。来年もここで会ってくれませんか」

動悸《どうき》の高まりを覚えながら、おゆきはこっくりと頷《うなず》いていた。

そして翌年、おゆきが二十歳の時の七夕の日に、なんと啓之助は白鬚神社まで来てくれたのだ。

「ここでお参りすると聞いていたからね。向こう岸で待つのにじれて来てしまった」

啓之助は笑った。

啓之助はこの日もやはり、背中に行李をしょって薬売りの格好のまま会いに来た。

ところが昨年は七夕の日に啓之助は現れなかった。

「来年も必ず……」

真剣な目でそう言ったのは啓之助だったのに、白鬚神社にも、向こう岸の水茶屋にも姿を見せなかったのである。

――私を嫌いになったのか……。

ふと不安が過《よ》ぎったが、直ぐに打ち消した。きっと何かのっぴきならない事があったに違いないのだ、そう信じようとつとめてきた。

とはいえ、おゆきの心はその後、不安と信じようとする気持が交錯して、落ち着かない一年を過ごしてきた。

そして今年も七夕の日はもう目の前なのだ。

信太郎との縁談が決まった時、

――どうしても啓之助さんに会いたい。会ってからお嫁に行きたい。

おゆきの胸に膨らんだのはその想《おも》いだった。

会ってどうなるというものでもなかったが、会わずに他の男のもとへ嫁に行き、抱かれるのは嫌だった。

今年の七夕の日に啓之助と会う約束をした訳ではない。会える保証もない。それに運良く会えたとしても、これが最後なのだ。

それでもおゆきの想いは日に日に募《つの》り、七夕の日を迎えないことには、心に決着をつける事はできないと考えるようになっている。

客を乗せた船が向こう岸に渡って行く。

土手の上から船を見詰めるおゆきの耳に、また葭切の鳴き声が大きく聞こえて来た。

ギョ、ギョシ、ギョ、ギョシ

人は葭切の鳴き声をそう表現するが、おゆきの耳にはそんなふうには聞こえなかった。

おゆきには、もの悲しい語《かた》り部《べ》の声のように聞こえていた。

二

「啓之助……でございますか」

薬箱にある薬の数を懸場帳《かけばちょう》に書き込んでいた薬売りの富蔵《とみぞう》が顔を上げて聞き

返した。富蔵の横には柳行李が置いてある。

富蔵は富山の薬売りだ。大和屋にも今日回ってきた。置き薬を補充し、使用した薬の集金をして帰るのだが、大和屋にはずっと以前から富蔵がやって来ている。

その富蔵に、おゆきは啓之助のことをそっと尋ねたのだ。この御府内の掛りを外されたのではないだろうかと。

「はて、この御府内を掛りとしている仲間に啓之助という名の男はおりません」

怪訝な顔で富蔵は言った。

「私がお会いしたのは、隅田川沿いの、橋場町です」

「橋場町ですか……私の組は、本所深川向嶋ですから、別の組ですな。いや、このお江戸の掛りと言っても何組にも分かれておりますから」

おゆきはがっかりした。

「全国を回っている者は二千八百人ほどおります。この御府内には特に相当数の者が入っている筈ですが……しかし待てよ、別の組であっても、一度は会ってるかもしれないな。どんな男でしたか？」

富蔵は手を止めて訊《き》いた。

「年は……二十半ばでしょうか……」

おゆきは、啓之助の人相風体を事細かに、小さな声で富蔵に告げた。店の中にいる家族や店の者たちに、啓之助のことは知られたくなかったのだ。

父の忠兵衛は陣頭指揮をとり、兄の房次郎と手代に、客にいかに品物を手に取ってもらうかを教えている。忠兵衛は、房次郎が所帯を持ったら、出来るだけ早く店を譲るつもりなのだ。

大和屋の七夕商戦はもうとっくに始まっている。おゆきが富蔵と話している部屋にも花紺色の毛氈が敷かれ、陶磁器や塗り物の器や、もちろん茶道具などが並べてある。

店の外には、毎年の恒例だが、緋毛氈を掛けた腰掛けが置いてあり、つい先ほどまで武家の女客が抹茶を楽しんでいた。

「やっぱり、覚えがございませんな」

おゆきの説明を聞き、富蔵は記憶を辿《たど》っていたが首を捻《ひね》った。

「お待ちを……」

おゆきは自分の部屋に走ると、手文庫《てぶんこ》の中から啓之助に貰った反魂丹の入った袋を持って来た。

「これをその方からいただきました。三年前のことですが」

富蔵に手渡すと、富蔵は袋をじっと眺めてから、中の薬を掌に取り出して、その匂《にお》いを嗅《か》ぎ、そして口に入れて嚙《か》み、少し考えてから、

「これは確かに富山の反魂丹ですな」

きっぱりと言った。だがすぐに、

「しかし、このような薬の包みは富山のものではございません」

不審の目でおゆきに告げた。

「でも、袋には書いてありますでしょう。富山の反魂丹と……」

驚いて尋ねるおゆきに、

「この包みの文字ですが、これは手書きです。うちの袋は刷ったものです」

富蔵は薬の包み袋を並べて見せて、

「それにこの包み袋の紙は、富山で漉《す》いたものではございません」

「でも、薬売りの姿をしていたんですよ」

思わず膝《ひざ》を詰めるようにして、おゆきは言った。

「……」

富蔵は困った顔をした。

おゆきの言動に、啓之助への並々ならぬ想いを見たからだ。

「お気の毒ですが、私では分かりませんな」

富蔵は、包みをおゆきの手に戻しながら、気の毒そうな顔をした。

おゆきの胸に、怒濤《どとう》のように不安が押し寄せて来た。

富蔵は古参の富山の薬売りである。今年は若い者を連れてはいないが、度々連れを伴って大和屋にやってきている。若い者を実地に教育して、一人前の薬売りに仕立てる役目も担《にな》っているのである。

その富蔵が、啓之助という名前に心当たりはないと言ったのだ。

――ではいったい何者……。

啓之助と名乗った男は、富山の薬売りではなかったのか。ならばなぜ富山の反魂丹と書いた包みを持っていたのか……。中味は正真正銘の反魂丹ではないか……。

混乱していくおゆきだったが、はたと気付いた。

啓之助が反魂丹を出してくれた時の行李の中は、今目の前で見ている富蔵の行李の中とは随分違っていた。富蔵の行李には、分類された薬の袋がぎっしりと詰まっているのに、あの人の行李には数えるほどしか薬の袋は入ってなかった。

嘘《うそ》をついたのか……。あの人は私に嘘を……。私を騙《だま》したのか……。

富蔵を送り出したあとも、おゆきの心は激しく揺れていた。

啓之助は今やおゆきの前に、得体の知れない薬売りとして立ちはだかっていた。

「おゆきちゃん……」

その日の夕刻、大和屋に現れたのは深川の雑穀問屋に嫁に行ったお夏《なつ》だった。

「あら、珍しい、帰ってきたの……」

おゆきは、お夏の姿を見かけると、急いで奥から走り出て来た。

お夏はおゆきと同年で、同じ町内にある味噌醤油屋《みそしょうゆや》『長門屋《ながとや》』の娘である。お稽古《けいこ》ごとも読み書きも、いつも一緒に習ってきた二人だが、お夏は嫁に行ってもう二年になる。

滅多に暇を貰えないと帰って来るたびにこぼしているが、七夕だ盆だ正月だと、何かあるごとに実家に顔を見せているようだから、お夏が言うほど嫁ぎ先が窮屈な訳ではない。

「おう、お夏ちゃんか」

奥から出て来た房次郎が懐《なつ》かしそうに声を掛けた。

お夏はおゆきの友達だが、幼い頃には房次郎も一緒によく遊んでいた。

房次郎は小さい時からお夏が好きで、だけどお夏は全く房次郎には関心がないようで、それどころか、あれはおゆきが十三の時だったが、気が強いお夏は、お前が好きだと告白した房次郎の頬を殴って泣かしたことがあった。

房次郎はお夏より三つ年上だから、あの時十六歳だった筈だ。まだ前髪を剃《そ》って間もない頃で、歯をくいしばって泣く姿は、妹のおゆきから見てもたよりないなと思ったものだ。

ところがその房次郎が、今ではすっかり一人前の商人として大和屋を背負っている。昔を知っているお夏にしてみれば、クスクス笑いたくなるに違いない。当の房次郎は、そんな昔の話は忘れたように、

「良かったら上がっていきなよ」

親しそうにお夏を誘った。妻を迎えるとあって余裕が出て来たらしい。早速お夏がからかった。

「房次郎さん、貫禄《かんろく》がついたわね。おらんさんとかいう人と縁談決まったんですってね」

「やめてくれよ、お夏ちゃん」

房次郎は顔を真っ赤にしたが、それも一瞬のこと、

「お抹茶でもおあがりよ。おゆきと、つもる話もあるんだろ」

年長の兄さんらしく笑顔を見せた。

「ありがとう。でも私、ここではちょっと……房次郎さん、少しだけ、おゆきちゃんを連れ出してもいいかしら」

お夏は、忙しく客の応対をしている店の者たちに、ちらと視線を走らせた。

「一刻ほどで戻ってきますから」

そして片目をつむってみせると、房次郎はまた顔を赤くして、

「いいよ、おゆき、行っておいで。お前も嫁入りすれば、そうそうお夏ちゃんにも会えんだろう」

気持よく許してくれた。

おゆきは、お夏と連れだって家を出た。

近くの寺の境内にある腰掛けに二人は座った。

この寺の境内は、子供の頃に良く遊んだ所だった。

紅葉が参道の両脇《わき》と庭の奥いったいに植えられていて、今はそれが青い葉を茂らせて参道に幾重もの影を造っている。

「何かあったの、お夏ちゃん」

おゆきは、座ると訊いた。

「馬鹿《ばか》ね、話というのはおゆきちゃんの事じゃない。実家からお嫁入りするらしいって聞いたものだから、気になってやってきたんじゃない。どうしたの、あの話……決着がついたの？」

お夏の言うあの話とは、啓之助のことだった。

お夏にだけは、会えばその都度、啓之助のことを話してきた。

「決着だなんて……どうやら私の独りよがりだったみたいなの」

おゆきは寂しげな顔で苦笑した。

「どういう事なの？」

「啓之助という名前すら、本当だったのかどうか……」

おゆきは今日、薬売りの富蔵から聞いた話をして聞かせた。

「つまりおゆきちゃんは、騙されたってわけ……」

「だって、去年も来てくれなかったんだもの」

「じゃあ諦《あきら》めた訳ね。気持の整理はつけたんだ。あれほど啓之助さん、啓之助さんて、こっちが恥ずかしくなるほど熱っぽく話していたのに、真実を確かめもしないで、それでいいのね」

「……」

「ほら、私がそう言うと、納得してない顔してるわよ」

おゆきは、大きくため息をついた。正直気持はあれからずっと迷っていた。

自分で決着が付けられずに苛立《いらだ》っていた。

「おゆきちゃん、まだお嫁入りしてないおゆきちゃんに、こんな話をするのは恥ずかしいけど、夫婦になれば妻は夫に抱かれるってことは知ってるわね」

「ええ……」

おゆきは、恥ずかしくなり、視線を茂る紅葉の枝に移した。枝は風に揺れている。

「心に別の人が住んでいると、その度に、ああ、この人でなく、あの人だったらどんなに幸せだろう、なんて思ってしまうのよね」

「お夏ちゃん……」

おゆきは、驚いてお夏の顔を見た。

「今だから……今だから告白するけど、私にも好きな人がいたのよ、今の亭主じゃなくね」

「……」

お夏は遠い昔を見るような目で言った。

「本当はその人と一緒になりたかったのに、その人、いくじなしで、私が少女のころには好きだって言ってくれたのに、大人になってそろそろ考えなきゃと思ってる時には何にも言ってくれなかった……もっとも昔に、私が自分の気持とは裏腹の、その人を傷つけるようなことをしたから懲《こ》りたんでしょうね。それで私のこと諦めてしまったらしくて、でもだからって私の方から好きだって言えないじゃない。そんなこんなしているうちに、今の亭主との縁談があったって訳ね。私もその人と一緒になること諦めて嫁入りしたんだけど、やっぱり心のどこかで、こんな筈じゃなかったって思うことがあるのよね」

お夏は、境内の木々に視線を流して言った。

「お夏っちゃん、私に何も言ってくれなかったのね」

おゆきは、ぽつりと言った。

「だって、時が経《た》てば忘れるに違いないって思ってたもの」

「……」

「でも違ってた。まだ一緒になって二年しか経たないのに、切ないってこういうことかしら、なんて考えることがあるの。こんな事ならあの時、私に縁組の話が来た時にね、あのいくじなしに、私の方から『好きです、お嫁さんにして下さい』って言えばよかったって思うのね」

しみじみと言う。

おゆきは、こんなお夏を見たことがないと思った。いつでも自分の気持をずばずば言ってきたお夏である。

――ずっと昔、兄が好きだと言った時だって……。

と思った時、おゆきは、はっとなってお夏の横顔に言った。

「まさか、兄さんのこと……そうなの」

「さあ、誰のことかしらね。でももう、忘れた。私のことはいいの」

お夏は立ち上がると、境内の入り口で先ほどから商いを始めた、立ち売りのしるこ屋に向かって行った。

そしておしるこの椀《わん》二つを手にして戻って来ると、

「なつかしいわね、食べて」

お夏はおゆきにお椀を手渡すと、自分も座って食べ始めた。

しるこは冷やししるこになっていて、美味しかった。二人は、しばらく黙っておしるこを食べていたが、やがてお夏は、手を止めて言った。

「啓之助さんが去年来なかったのは、きっと何か事情があったのよ。薬売りかどうかは分からないけど、会えば全て分かる筈よ。だからやっぱり会ってきなさいよ、会って啓之助さんにちゃんと自分の気持を伝えてきなさいよ……」

「……」

「そしてね……」

おゆきをちらと横目で見ると、

「啓之助さんに抱かれてくればいいのよ」

「お夏ちゃん、何を言うの」

驚いた顔をしたおゆきに、お夏は言った。

「私ならそうする」

「やめてよ、そんな話……」

おゆきの脳裏を、梅乃屋でおゆきを抱きすくめた信太郎の顔が過ぎった。

「じれったいわね。言わないでおこうかと思ったけど教えてあげる。うちの亭主が言ってたんだけど、伊勢屋の信太郎さんね、評判が良くないんだって」

「評判て、何？」

「吉原に女がいてね、手を切るのなんのって大騒動があったらしいわよ」

「……」

「伊勢屋の若旦那《わかだんな》なんかに操《みさお》を捧《ささ》げることないわよ。悔いの残らないように行って会ってきなさい。啓之助さんはおゆきちゃんを騙すような人じゃないと思うけど、私……」

お夏の言葉は、おゆきの胸に心強く響いていた。

三

夕食を済ませてまもなくの事だった。

おゆきは忠兵衛に呼ばれて帳場に向かった。

「そこに座りなさい」

忠兵衛は大福帳を閉じると、おゆきに目の前の行灯《あんどん》の側を指した。

おゆきは、小さく頷くと神妙な顔で座った。おゆきだけが忠兵衛に呼ばれるなどという事は滅多にない。伊勢屋との縁談の話ですら、兄の房次郎が同席していたのだ。

通いの手代たちは帰宅し、兄は自室に引き上げている。台所で片付けものをしている女中のおたねはいるが、こちらが呼ばない限り仕事が終われば女中部屋に引き取る。

日中客の出入りの多かった分、大和屋の夜はしんしんとして静寂に包まれていた。

「他でもない。近頃ずいぶん元気がないじゃないか。何か心配ごとでもあるのじゃないかと思ってな」

忠兵衛は注意深い目をおゆきに向ける。

「いいえ……」

おゆきは、首を横に振って否定した。

「それならいいが、おたねの話では、食事もあまりすすまないようじゃないか」

「……」

「もしや、伊勢屋に嫁ぐのが苦痛になっているんじゃないのかね」

心配そうな声だったが、その顔には困惑の色が見えた。

おゆきは、どきりとして忠兵衛を見た。

そうです、私は結婚したくありません、とは言える筈もない。

商いをしている家の娘は、大概親の決めた縁談に従っている。ましておゆきは、育てて貰った恩がある。

自分が拾われた子だと知った時から、何時《いつ》かこの恩は返さなくてはならないと考えるようになっていた。そんなおゆきが、忠兵衛が決めた話を嫌だなどと言える筈もない。

戸惑いを見せているおゆきに不安を抱いたのか、忠兵衛は話を続けた。

「伊勢屋さんとの縁談は、正直な話、店のことを考えてのことだったのだ。これまでのつきあいと、この先、房次郎が店を守って行くためには、伊勢屋の暖《の》簾《れん》は強力な助けになる」

「わかっています」

おゆきは、小さな声だが、きっぱりと言った。

「だが、それだけではないぞ。お前の幸せも考えてのことだ。向こうに嫁げば、お前は裕福な暮らしが出来る。何不自由のない暮らしが待っているのだ。へたな大名よりもずっと台所の内情は良いのだから、お前はいらぬ苦労なぞしなくて済む。私はね、おゆき、伊勢屋の信太郎さんがお前に以前からぞっこんで、お前以外の相手は嫌だと言っているらしいと聞いた時には、お前はなんという福の神を引き当てたものかと舞い上がってしまったのだ」

「……」

「もちろん、房次郎の結婚相手の気持を慮《おもんぱか》ってのお前の結婚話だったが、私が伊勢屋さんとの縁談を承諾したのは、おゆき、第一にお前のためだったんだよ。それだけは分かってくれるね」

忠兵衛はおゆきの顔を心配そうに覗いた。

おゆきに元気がないと知った忠兵衛が、父親として悩んでいたらしいことは、言葉の中に読み取れた。

「分かっています。ですからもう心配しないで下さい」

「じゃ、お前に将来を約束した人はいないんだね」

「お父さん……」

「房次郎が、お前には好いた男がいるんじゃないかと、そう言うんだが……」

忠兵衛が遠回しに話してきた心配はそこにあったのだ。

おゆきの頭の中は混乱をきたしていた。

気持が揺れているその原因を、今ここで父親に話せたらどんなに楽かと思ったが、

「縁談のことはもう決めたことです。私もそのつもりでいますから」

おゆきは笑みを見せて言った。

「そうか、信じていいんだね」

忠兵衛は、ほっとした顔で息をつくと、

「実はね、これをお前に渡しておきたくてね」

おゆきの前に、油紙で包んだものを置いた。

「これは……」

おゆきは、怪訝な顔で包みを開いた。

包みの中には、縮緬《ちりめん》を薄い桃色に染め上げた紙入れが入っていた。

「お前の、産着《うぶぎ》の胸元に挟んであったものだ」

おゆきは取り上げてじっと見詰めた。

生地《きじ》もしっかりしていて縫製も丁寧だった。驚いたのは、刺繍《ししゅう》がしてあって、『雪』とある。

「ゆき……」

呟《つぶや》きながら顔を上げて忠兵衛を見た。

忠兵衛は頷いて、紙入れの中も見なさいという。

一枚の紙切れが入っていた。広げると女文字でこう書いてあった。

『この子の名は、雪です。事情があって白鬚の神様のお手をお借りします』

――これが私を産んだ母の字か――。

おゆきは行灯の灯に照らされた、まだ黒々とした墨跡に見入った。

忠兵衛はおゆきを見守りながら言葉を添えた。

「お前は羽二重《はぶたえ》の着物を着せられていた。生まれたのはしっかりした家だったに違いない。こうして達筆の伝言もあった。お前を白鬚神社に置いたのはよくよくの事だったのだろう。その紙入れをみても親の愛情が分かるというもの……この先それは、きっとお前の心の支えになる。大事に持っていなさい」

「お父さん」

おゆきは、濡《ぬ》れた目で忠兵衛を見た。

翌日の七夕の日に、おゆきは白鬚神社に向かった。養父母や産みの母の愛情を改めてひしひしと感じたおゆきは、白鬚神社に参拝し、その足で向こう岸に渡るつもりだった。

お夏のいう通り、それで会えても会えなくても、啓之助との事は最後にしたいと決心を固めていた。

「おゆき！」

拝殿に手を合わせていると、後ろから声がした。

おゆきは、ぎくりとして振り向いた。声の主は伊勢屋の若旦那信太郎だった。

「こんなところにいたのか」

信太郎は、にやにやしている。

両脇に二人の取り巻きを連れていたが、おゆきが驚いたのは、梅乃屋で会った時の信太郎と同じ人とは思えぬほど、ぞんざいな態度に映ったことだ。着ている物は絹の上物でも、体にまとわりついているものは、放蕩《ほうとう》息子以外の何物でもない。

お夏が言った言葉が甦《よみがえ》った。

──吉原に女がいてね、手を切るのなんのって大騒動があったらしいわよ
──

なにしろ連れている二人が悪かった。どう見ても遊び人で、胸をはだけ、無遠慮な目を投げかけている。

「店に寄ったんだ。そしたら親父《おやじ》さんが、白鬚神社に行ったというんで来てみたんだ」

信太郎は、馴《な》れ馴《な》れしく言った。

「御用は何でしょうか」

おゆきはわざと他人行儀な口調で返した。

「その言いぐさはなんだ。もうすぐ私の妻になるんだろ、忘れたのか」

歩み寄って言う。

連れの二人が、くすくす笑った。

おゆきは後ずさりした。

「取って食うとでも思ってるのか……」

信太郎の顔が歪《ゆが》んだ。おゆきが後ずさりした事が気に入らなかったようだ。

「ですから、何の御用でしょうか」

おゆきはもう一度訊いた。

「八百善《やおぜん》にでも行こうかと思ってな。二人で食事でもしないか」

「今日はこれから行くところがありますから」

「ふん、生意気な口をきくもんだ。許嫁《いいなずけ》のいう言葉とは思えんな」

スタスタと近づいてきて、ぐいとおゆきの腕を摑《つか》んだ。

「あっ」

もがいたが、抵抗にもならない。

「そんな冷たいことを言うところを見ると、噂《うわさ》は本当なのか……好いた男がいるという噂だ」

「な、何をおっしゃるのですか。放して下さい」

「放せんな、本当のことを言うんだ」

「……」

おゆきは、恐怖の目で信太郎を見た。

「誰だ、相手は……相手の名を言え！」

「知りません」

「知らないことあるもんか。そんな男がいるから私の誘いも断るんだ。いいか、私と一緒になるということは伊勢屋と縁組するということだ。栄耀栄華《えいようえいが》は思いのままだし、むろん実家の商いも一回りも二回りも大きくなるのは間違いない。まさかそれを捨てたいという訳ではあるまい……」

信太郎は、供の者たちと視線を合わせて笑った。だが次の瞬間、

「来るんだ」

ぐいとおゆきの腕を引っ張った。

「あっ、やめてください。やめて」

おゆきは信太郎の胸を突き返した。

「放さんぞ、もう私の妻になったも同然だ。言っておくが、どんな男がいようとお前を抱くのは、この私だ」

「やめて下さい！」

「来い！」

信太郎がおゆきをぐんと力ずくで引っ張った。

「やめて、お願い、やめて……」

おゆきも力の限り抵抗する。

「おい、手伝ってくれ」

信太郎は供の二人に叫んだ。だがその時だった。

「ぎゃ！」

悲鳴を発して二人が二間ほど飛ばされた。

驚く間もなく、今度は信太郎の腕がねじ上げられていた。

「女を腕ずくで連れて行くとは、恥ずかしいとは思わぬか」

言い放つと同時に、信太郎を突き放したのは網代笠《あじろがさ》を被《かぶ》って顔をかくした着流しの武士だった。

「だ、誰だ？」

信太郎はねじ上げられた腕を抱えて叫んだ。

「お前に名乗る名はない。通りがかりの者だ」

「ちっ」

　信太郎は舌打ちしたが、その目にもう一人、連れと思われる武士が、手水《ちょうず》所《どころ》の側からじっと見ているのが映った。

　こちらは袴《はかま》を着けた骨太の武士である。信太郎の顔に恐怖が走った。次の瞬間、

「おゆき、こんなに私に恥をかかせて、覚えていなさい」

　二人を連れて足早に逃げて行った。

「怪我《けが》はなかったか、おゆきさん」

　網代笠の武士は言った。同時にその笠を取った。

「啓之助さま……！」

　おゆきは武士の顔を見て叫んだ。

　群青色《ぐんじょういろ》の縞《しま》の小袖に二本差し、月代《さかやき》も青々とした武士の顔は、なんとあの啓之助ではないか。

　おゆきの胸は、張り裂けんばかりに波打っている。

　立ち尽くしているおゆきに、啓之助は言った。

「会えてよかった。もう会えぬかと思っていた」

「あなたは、薬売りではなかったのですか……」

おゆきは呟くように言った。あまりの変身ぶりに、まだ戸惑っていた。

「事情があって、薬売りに姿を変えていたのだ」

「昨年は……」

「そうです。こられなかった。だが今年は、ひょっとしてまだ待ってくれているかもしれない。そう思ってここに来てみたのだ」

「啓之助さま……」

おゆきは、息苦しくなっていた。啓之助を信じていてよかった、啓之助の愛情は確かなものだったと喜びに打ち震えた。私もお会いしたかったと、おゆきが言いかけたその時、啓之助は苦しげな目でおゆきの左手を取り引き寄せた。

はっとおゆきは身を固くした。心の臓は激しく打っている。目のやり場に戸惑って俯《うつむ》いたおゆきに、啓之助は低い声で言った。

「伝えたいことがある。もう、二度とそなたには会えなくなったのだ。それで別れを告げに参った」

「えっ……」

おゆきは小さな声をあげて啓之助を見上げた。

「こんな言葉を並べる日が来るなどとは考えてもみなかった。しかしいろいろあってな、私は江戸を離れなくてはならなくなったのだ。もう二度と会えぬと思う。私のことは忘れて、幸せになってほしい」

啓之助はじっとおゆきを見詰めてきた。おゆきは耳を疑った。別れは覚悟していたはずだが、押し留めていた情愛が、いっきに胸にふくれあがった。啓之助の掌のぬくもりが切ない。

ひとことも発することが出来ないおゆきに、ぎゅっと手を強く握って頷くと、振り切るように踵《きびす》を返した。

「お待ち下さい！」

おゆきは啓之助の背に呼びかけた。

「どちらにいらっしゃるのですか」

積もり積もった啓之助への想いが、おゆきの口を衝《つ》いて出た。

啓之助は向き直り、

「遠いところです。私は山流しになったのです」

そういうと、逃げるように境内を出て行った。

「おい、啓之助！」

じっと見守っていた武士が呼び止めたが、啓之助は振り向かなかった。

「まったく……」

武士は気の毒そうな目をして、おゆきに近づいて来た。

「啓之助の友人で、松尾《まつお》詫間《わびま》という者だ。実は奴《やつ》の監視役でついてきたのだが、友人としてもう黙ってはいられぬ」

詫間は言った。

四

「この話は他言無用に願いたい」

境内にある茶店の腰掛けに腰を下ろすと、詫間はまずそう口火を切った。

「お約束します」

おゆきは頷いて詫間を見た。

詫間は難しい顔をしている。良い話ではない事は分かっていたが、恐ろしくて動悸がした。

しかし、おゆきも啓之助に会いたくてここまで来たのだ。山流しになると言ったその言葉の訳を知りたかった。

「まず順を追って話そう。啓之助が三年前におゆきさんに会った時だが、奴は旅から帰ってきたところだったのだ……」

「旅から？」

「そうだ、そして翌年おゆきさんに会った時には、旅に出るところだったようだ」

おゆきは小首を傾《かし》げた。まだ話が良く飲み込めなかった。

「啓之助は勘定吟味方改役《かんじょうぎんみがたあらためやく》という勘定吟味役の下僚《かりょう》だったのだ」

詫間は言った。

啓之助の役目は、上役の勘定吟味役の指示で、幕領《ばくりょう》の年貢《ねんぐ》の徴収、郡代または代官の勤怠《きんたい》、幕領私領に関する公事《くじ》訴訟《そしょう》などを、調べに行くことだった。

富山の薬売りに身をやつしていたのも、潜入する地の者たちに身分を悟られないためのものだったのだ。

何事もなければ、手当ても過分に貰《もら》える結構なお役目だが、昨年の三月に異変があった。

啓之助は、勘定吟味役の工藤猪十郎《くどういじゅうろう》から、奥州《おうしゅう》街道沿いの、さる遠国を預かる代官飯塚権八《いいづかごんぱち》の身辺を調べるよう命令を受けたのだ。

三月下旬に江戸を出発した啓之助は、その代官所内に薬売りとして潜伏し、調べ上げること半年近く、代官の不正を知った。証拠を懐《ふところ》に、千住《せんじゅ》に辿り着いたのが九月だった。

七夕はとうに過ぎていて、おゆきに会えなかったのはその為《ため》だ。

啓之助はその日のうちに、工藤猪十郎に会い、調べて来た全《すべ》てを渡した。

やがて飯塚権八は江戸に呼び戻されて詮議《せんぎ》が始まった。啓之助の手柄は人の知るところとなり、今年に入ってから、勘定組頭に昇進するのではないかという話が耳に飛び込んで来た。

大変な出世である。夢のような話だったが、この内々の通知を耳に入れてくれたのは工藤猪十郎だったから、間違いなく話はそういう方向に進んでいたに違いなかった。

友人の詫間は、この時、啓之助から相談を受けた。

「実は、一目惚《ぼ》れしたひとがいる。その人は町の娘だが、今度の栄誉はその人と喜びたい。協力してくれないか」

啓之助は、そう言ったのだ。

──協力してくれ……。

詫間はおゆきの身分のことだと思った。町人の娘を娶《めと》る場合には、武家の養女にしたのち妻にする。その折に手を貸してくれということらしかった。

詫間は驚いていた。啓之助には時江《ときえ》という許嫁がいたからだ。

「時江どのとの約束は反故《ほご》にするのか」

詫間の懸念《けねん》に、啓之助ははっきりと頷《うなず》いた。

確かに時江は勝ち気な娘だと聞いていた。しかし時江の父は、遠国奉行《おんごくぶぎょう》の岸《きし》本弾正《もとだんじょう》だった。時江と結婚すれば、この先どれほどの力になってくれるかしれない相手である。

詫間にしてみれば今もって自分はただの勘定だ。今でさえ啓之助よりひとつ低い役目についている。その自分から見て、さらなる出世に繫《つな》がる強力な力を持つ時江の父と縁を切るのは勿体《もったい》ないではないかと思ったのだ。

啓之助が単なる出世欲の男でないことは分かっていたが、それよりも、ひとかたならぬおゆきへの想《おも》いに驚いていた。

啓之助はまもなく時江との縁談を破棄した。

「ところがだ……」

詫間は太いため息をついて話を中断した。そして、冷えた茶をがぶりとやってから、

「突然、啓之助は上役から『お前の調べには不正があった。真実を曲げていると評定所からのお達しだ』と言われたのだ」

「啓之助さんに不正が？」

「いやいや」

詫間は、手を横に振って否定した。

「奴は罠《わな》に掛けられたのだ。時江どのの親父さんが手をまわしたか、それとも、代官繫がりで不正の金を上納させていた偉い輩《やから》が横やりを入れたか、どちらか

だ」

「……」

「啓之助の運命は一転した。啓之助は自分の出世欲のために、事件をでっち上げたということになったのだ」

「ひどいこと」

「そうです。だがそれが世の中かもしれぬ。啓之助はその日から、他行《たこう》止めとなった」

他行止めとは外出禁止のことである。啓之助は、事の次第に決着がつくまで謹慎させられる事になったのである。

おゆきは大きく呼吸をした。怒りで心が震えて息苦しかった。

詮間は続けた。

「しかしひと月前に、監視がついていれば外出は許されるという事になった。ただ、奴はそれと引き替えに、甲府《こうふ》勤番《きんばん》を命じられたのだ」

「甲府勤番……あの、だから山流し？」

「そうです。しかも啓之助がその山流しに不満をもって不穏な動きをするかもしれぬと、それで俺が監視役となったのだ。あの事件は今頃どこでどうなったのか、不正を行った者たちは、啓之助を甲府に追いやることで事件をうやむやにしようとしているのだ」

啓之助は、もうどうあがいても事態が好転することはないと悟った。

ただ上役の工藤猪十郎は、

「わしに少し時間をくれ。詳しいことは言えぬが、きっとお前に間違いのなかった事は証明してみせる」

啓之助にはそう言ったらしい。

工藤猪十郎は、啓之助がこうなった責任を感じているようだった。だから工藤は、甲府に出発するまで自分が懇意にしている商人の別荘でしばらく過ごせと、ここ向嶋に送ってくれたのだと言う。

「そういう訳でな。俺も啓之助の監視役として一緒に暮らしている。ただ今日はどうしても行くところがあると言ってきかぬ。それで一緒にやってきたのだ」

話し終えた詫間は、

「茶のかわりをくれ」

　小女に注文して口を閉じた。

　お茶のおかわりはすぐに来た。

　二人はそれを飲みながら黙って座っていた。

「あの、甲府にはいつ発《た》たれるのですか」

　しばらくして、おゆきは思い切って聞いた。

「明後日です。この向嶋から出立するようです」

　おゆきは頷いた。

　詰問がぽつりと言った。

「ついてない奴だ」

　おゆきは目を伏せた。立身に繋がる縁談を断ってまで自分を想ってくれていた啓之助の運命の皮肉が、どうしても納得いかなかった。

「もっと前に、もっと前に啓之助さんのお気持をお聞きしていたら……私、私……」

「いや、あなたにとってはこれで良かったのかもしれぬ。甲府に流されれば、二度と江戸には帰ってこれぬと聞いている。夫が甲府行きと決まって離縁を願い出る妻もいる程だ。啓之助はもう覚悟は出来ている。可哀想《かわいそう》だが仕方がない。せめてものなぐさめは、あなたの気持を確かめることが出来たことです。きっと伝えます」

詫間は立ち上がると、

「では……」

一礼して帰って行った。

おゆきは夜の明けるのを待って、そっと家を出た。着物をしごきで短くし、手甲脚絆《てっこうきゃはん》に草鞋《わらじ》を履いて、手には菅笠《すげがさ》を持っている。わずか二日の間に、父にも兄にも分からないように買い集めたものだった。育ててくれた父親の意に背くのは本意ではなかったが、どうしても信太郎と一緒になるのは嫌だと思った。

この江戸で華やかな暮らしは出来るかもしれないが、そんな暮らしは自分には向いていない。つつましく、相手と信頼しあって暮らしたかった。

——お父さん、ごめんなさい。兄さん、ごめんなさい。

おゆきは、心の中で謝りながら向嶋の船着き場に向った。

自分の部屋の文机《ふづくえ》には、父と兄に詫び状を書いておいてある。

おゆきは白い朝霧をついて急いだ。着替えの着物一枚と産みの母の形見、そして養母の形見と化粧道具。それとゆうべ握っておいた握り飯と反魂丹。たいした荷物を持ち出した訳ではないが、包みこんだ風呂敷を背中にくりつけて歩いていると、すぐに肩が重くなった。

「おゆき！」

吾妻橋《あずまばし》がすぐそこに見えてきた時だった。

後ろから兄の声がした。

ぎょっとして振り向くと、

「待ちなさい」

房次郎は走って来た。

身構えたおゆきに房次郎は言った。

「私がその荷物を持ってやろう」

「兄さん……」

「親父が言ったのだ。送ってやれって」

「お父さんが……」

「お前の手紙を読んだんだ。ずっと様子がおかしいので、私も親父も案じて見ていた。お夏ちゃんにも話は聞いている」

「……」

「万が一、お前が啓之助という人に会えなかったその時には、お前は何食わぬ顔で帰ってくればいいのだ」

「でも」

「縁談のことは案ずるな。伊勢屋のことは親父も覚悟を決めている。私の方も、おらんには、きっちり言うつもりだ。小姑がいて嫌なら、もううちにこなくていいとな。はっはっ」

房次郎は、とってつけたように笑った。

「兄さん、ごめんなさい」

「馬鹿《ばか》、家族じゃないか」

「兄さん……」

おゆきの双眸《そうぼう》から涙が零《こぼ》れ出た。

「そんな泣き顔で行くんじゃない」

房次郎は、おゆきの荷物を取り上げると、先に立って急いだ。

船着き場が見えてきた。

「私はここから帰る。祈っているぞ」

おゆきは一人で船着き場に立った。

さすがにまだ渡し船の船頭すら来ていなかった。

待つこと半刻《はんとき》、日の出の光が隅田川に差し込んできた頃だった。船頭がやってきた。

「しばらくお待ちくだせえ。皆さん揃《そろ》ったら、船を出しやす」

船頭はぺこりと頭を下げると、船縁《ふなべり》に腰を掛け、煙草《たばこ》を吸い始めた。

その一服が終わった頃だった。

旅姿の啓之助がやって来た。

「来てくれたのですか」

啓之助は走り寄った。意外にすがすがしい顔をしていた。

「詫間さまはいらっしゃらないのですか」

「内藤新宿《ないとうしんじゅく》で待ってくれている筈《はず》だ。持って行きたいものがあって頼んだのだ。それに奴は、府中《ふちゅう》まで見送ると言ってくれてな。そうか、おゆきさんも見送ってくれるのか」

「いいえ、私はお見送りは致しません」

おゆきは、まっすぐに見て言った。

「私、甲府にご一緒します」

「何……！」

驚いて啓之助が見詰めた。

見詰め合う二人の耳に葭切《よしきり》の声が聞こえてきた。

ギョ、ギョシ、ギョ、ギョシ……。

近くの葦《あし》の中で鳴き始めたようだ。

おゆきにはその鳴き声が、二人を見送る喜びの声に聞こえた。

山の宿

一

万平《まんぺい》が渡し場の船頭に尋ねているのを待つ間、おまきは桜紅葉《さくらもみじ》に染まった隅田川の向こう岸を眺めていた。

国元の出羽国《でわのくに》里見《さとみ》藩にも、城下の東に大川と呼ばれている川が流れている。目の前に見える隅田川ほどの雄大な流れではないが、やはり堤には桜並木が続いていて、秋の深まりをみせるその色合いだけは同じだった。

赤や黄や、茶の色に染まる桜葉の散る堤を、奥井《おくい》継之進《つぐのしん》と人目をはばかるように歩いたことを、おまきは思い出していた。

風に吹かれてはらりとおまきの黒髪に止まった桜葉を、継之進は立ち止まって指でつまむと、ふっと吹き飛ばし、白い歯を見せて笑っていた。

遠い昔の思い出だが、しかし今、おまきは事もあろうに、継之進の遺品を受け取るために、里見藩からこの江戸に出て来たのだ。

運命の皮肉に、おまきは隅田川の桜紅葉の景色を凝然として見詰めた。

「おまきさま、間違いございません。この渡しが『山《やま》の宿《しゅく》の渡し』でした」

万平が、小走りして戻って来た。

「また、悪い癖ね、万平さんは……お願いですから私にそんな改まった物言いをしないで下さい。私は百姓の出、十年前には奥井家の女中だった私です。さま、などと呼ばれる身分ではありません。しかも奥井家からお暇《いとま》を頂いて久しいのです。まき、と呼び捨てて下さいませ」

奥井家の人たちが耳に挟んだら、どれほど不快に思うだろうかと、おまきは国を出てから、この江戸に来るまでの道中でも、万平には重ねがさねその事は頼んでおいたのだ。

「分かりました。どうでもそうおっしゃるのなら、おまきさんとお呼びします」

万平は観念したように言った。その額と目の周りには、もう消すことの出来ない程の深い皺《しわ》を刻んでいる。

万平は、今も奥井家に奉公している下男《げなん》の一人で、今年で五十を数える筈《はず》だった。

「でも手前は思ってますよ。奥井家では、おまきさんを継之進さまのたった一人の連れ合いとして認めていたからこそ、このたびのこと、お願いしたのだと……」

「継之進さまとの事は遠い昔のことです。でもその縁をおくみ頂いて、この江戸に使わして下さったことを、私は有り難く思っています」

おまきはしみじみと言った。

十日ほど前のことだった。

嫁いだ家を、五年前に離縁されてから兄の厄介になっているおまきのもとに、奥井盛之助《せいのすけ》の屋敷から使いが来た。

すぐに屋敷に出向くと、盛之助の妻理恵《りえ》から、こう切り出された。

「この家を去ったあなたにこんな事をお願いして良いものかと考えましたが、やはり、あなたしか適任はいないと思いましてね」

ちらとおまきの表情を窺《うかが》った。

おまきは黙って理恵の顔を見ている。理恵はそれを確かめてからまた口を開いた。

「旦那《だんな》さまは放っておくしかあるまい、継之進のことで家の者が表にはたてぬとおっしゃるのです。でもそれは、本心ではない、苦しんでいらっしゃることはよくよく承知の私です。それであなたにお願い出来ないものかと来て頂きました」

奥歯に物の挟まったような、遠回しな言い方を理恵はした。

「奥様、いま奥様は、継之進さまのことで、とおっしゃいましたが、いったい何のことでございますか。詳しくお話し下さいませ」

おまきは理恵の顔をまっすぐに見た。

十年も前に暇を貰《もら》った屋敷である。今頃なんの用かと気にしながらここにきている。思い当たることはなかったが、肌の白い、目鼻立ちの整った理恵の顔に、苦渋の色を見た時から、おまきは嫌な予感がしていた。

理恵は、息をひとつ大きくついてから言った。

「継之進どのが亡《な》くなったと、江戸から連絡がございましてね」

「継之進さまがお亡くなりに……」

おまきは絶句した。言われたことが、まだぴんと来なかった。

継之進というのは理恵の夫盛之助の弟のことで、六年前に藩を出奔《しゅっぽん》して行方知れずになっている人のことだ。

ただ、この出奔には、謎《なぞ》が多かった。

おまきは当時、嫁ぎ先で継之進出奔の話を聞いたのだが、その時の話によれば、出奔する前日、継之進は目付《めつけ》に呼ばれて、普請役組頭《ふしんやくくみがしら》を斬《き》り捨てて水車小屋に立てこもっていた矢崎六三郎《やざきろくさぶろう》なる人物を成敗《せいばい》するよう命じられたということだった。

継之進はその日のうちに、もう一人の男と民家に向かい、矢崎六三郎を斬った。

継之進が出奔したのは、その翌日のことだったと聞いている。

噂《うわさ》では、矢崎を斬った継之進に、藩は褒美《ほうび》として一家を興《おこ》すことを約束してくれていたというのだが、それが本当なら、継之進はせっかくの立身話をうち捨てて、藩を出たことになる。

当然、この継之進の、藩の意を無にする行為は、厳しく問われても仕方がないことだった。出奔という行為だけでも重罪となるご時世だ。

継之進とその家族に、藩の厳しい目が向けられたことはいうまでもない。

「そこで、旦那さまは、継之進さまに対する藩の裁定が出る前に、弟とは縁を切った、と届け出たのです。奥井家を守るためには致し方ないことでした」

この旅の道中で、おまきに奥井家がとった苦渋の決断を話してくれたのは、万平だった。

藩内には冷《ひ》や飯食《めしぐ》いと呼ばれる部屋住《へやず》みは沢山いる。その者たちからすれば、継之進の出奔は、望外なご褒美にもそっぽを向いた理解しがたい愚行だと、皆首を傾《かし》げたらしい。

奥井家を離れていたおまきは、そんな噂に心を痛めながらも密《ひそ》かに継之進の身を案じて祈るしかなかった。

――せめてご無事でいてほしい……。

朝晩手を合わせて暮らしていたおまきである。

ところが、その継之進が、江戸で亡くなったというのである。

おまきは、我にかえって理恵を見た。理恵は話を続けた。

「どういう成り行きでお江戸で暮らしていたのか私にも分かりませんが、親切な大家さんが、継之進どのの遺品をどうしましょうかと、人を介して言って来たのです」

「……」

おまきは理恵の口もとを見詰めていた。聞き漏らすことのないようにと耳を傾けているのだが、まだどこか絵空事のようで現実のものとは思えなかった。

「でも、奥井家としては公《おおやけ》に遺品を受け取りになど参れません。藩を勝手に出奔した継之進どのを、旦那様は『今後は縁無き者』として届けております。そう言った事情がある以上、遺品とはいえ、家の者が引き取りには参れません。でも、継之進どのは旦那さまにとっては血を分けた、たった一人の兄弟です。どれほどお辛《つら》いか私には分かります。できるならば、せめて遺品のひとつも持ち帰り、密かに埋葬して上げたいのです」

つまり理恵の相談は、奥井家に代わって江戸に赴き、継之進の遺品を受け取ってきてほしいというものだった。

「私でよろしければ江戸に参ります。いえ、是非にもお願いいたします」

おまきは両手をついた。

おまきの旅には万平をつけると理恵は言い、それに十分な旅費や大家への礼金もおまきに託した。

慌《あわただ》しく旅支度をして国を出たのが九日前のこと、昨日夕刻には江戸に入り山の宿町という旅籠《はたご》の町の『三好屋《みよしや》』に泊まった。

そして今日、継之進が亡くなったという隅田川の向こう岸に渡るために、この渡し場に立ったのだった。

「そちらのお二人、乗るのか乗らねえのか、どっちだね。はっきりしてくれねえか、もう出るよ」

船頭の呼び声が聞こえて来た。

山の宿の渡しは、別名枕橋《まくらばし》の渡しとも言問《こととい》の渡しとも呼ばれていて、花川戸《はなかわど》の外れにある山の宿町の船着き場と、対岸の源森川《げんもりがわ》河口を結ぶ渡しのことだ。

おまきと万平が乗り込むと、船は右手に吾妻橋《あずまばし》の景観を見て、川の中に滑り出した。

乗客は二人の他には、老婆《ろうば》とその倅《せがれ》と思われる中年の男、若い坊さんが一人、他には子馬が一匹、馬喰《ばくろう》に引かれておとなしく乗っている。

昨夜泊まった宿屋で、近くに馬場があると聞いていたから、おそらくそこで調練されている子馬だろうと、おまきは思った。

視線を川に転じると、秋の透明な陽光が川面《かわも》に落ちて、きらりきらりと乱反射している。おまきはほんのいっとき目を奪われたが、すぐに継之進との思い出を辿《たど》っていた。

おまきが、継之進と初めて会ったのは、今から十三年も前のことである。当時十七歳だったおまきは、名主《なぬし》の世話で勘定組頭奥井孫右衛門《まごえもん》の屋敷に奉公に出た。

奥井孫右衛門とは、今の当主盛之助の父親のことだが、勘定組頭になる前には、郡奉行《こおりぶぎょう》として、おまきが住んでいた村の名主とは懇意だった。

またおまきの家も百姓代と呼ばれる役を担《にな》う家だったから、孫右衛門の人柄は良く知っていた。おまきの奉公の話は、すぐにまとまった。

おまきは、孫右衛門の嫡男《ちゃくなん》盛之助が妻を迎えるため、その世話をするように申しつけられたのだった。

他には台所女中が一人、中間《ちゅうげん》が一人、下男が二人いた。万平はその時から下男の一人だったのだ。

おまきが奉公にあがってまもなくのこと、盛之助は理恵と結婚、孫右衛門は隠居して、家督を盛之助に譲った。

盛之助は父に代わって勘定組に出仕することになった。この時はまだ勘定組衆の一人だったが、いずれは父親と同じ組頭になることは約束されたようなものだった。

里見藩においては、勘定組に入れば、以後の出世も期待出来ると言われていたが、組頭にまでのぼった父を持つ盛之助の場合は特別で、大きな失態がなければ、いずれ上士のお歴々の仲間に入る。盛之助の進む道は、まさに順風満帆といえた。

一方奥井家には、盛之助とは五つ違いの弟がいた。世間では、いわゆる部屋住み、厄介者などと言われている次男坊で、継之進と言った。

家督を継いだ盛之助は、実直で杓子定規《しゃくしじょうぎ》な、いかにも官吏《かんり》然とした人物だったが、かたや継之進はというと、砕けた感じの、人をくったような所があって、世の中を斜めに見ている人だった。

新しい女中だと挨拶《あいさつ》に行った時も、にやにやしておまきを品定めするような目で見たのを覚えている。

そして盛之助の妻理恵は、姑《しゅうとめ》に当たる孫右衛門の妻が亡くなっていたことから、何かとおまきを頼りにしてくれた。

理恵とは年齢も近く、働きやすい家だとおまきも思い、家事にも慣れてきた翌年のことだった。

畳んだ洗濯物を両腕に載せ、継之進が起居する離れの部屋に運んだおまきは、いきなり継之進に抱きつかれた。

「おやめ下さい、継之進さま！」

おまきは激しく抗《あらが》った。だが継之進は、

「おまき、お前が好きだ……」

泣き叫ぶように言い、おまきを押し倒した。

継之進の体には、酒の臭《にお》いが漂っていた。

近頃継之進が度々酔って帰ってきているのは知っていたが、酔っ払ったついでに手込めにしようとは許せるものか。

――やめて……。

叫ぼうとしたおまきは、継之進の目を見て言葉を呑《の》んだ。

継之進の目の色は、それまでに見たこともないほど寂しげにみえた。暗い谷底を覗《のぞ》いたような気が、おまきはしたのだった。

奥井家の部屋住みとして離れ座敷を与えられ、隠居している父親や兄夫婦の視線からも遠ざかるように暮らしていた継之進である。

十代の頃には剣術で鳴らし、仲間と陽気に語らう溌剌《はつらつ》とした姿をしていたと万平から聞かされていたおまきだったが、今目の前にいる継之進の日常は、兄の盛之助に比べれば、精彩の無い、起伏も無い、単調なものだった。

おまきは日頃から、継之進が年頃の男子の持つ、立身の希望や夢を封印し、息を殺して暮らしているのを感じていた。そんな継之進を、おまきはずっと見守ってきたのである。

だからこそ、この日の継之進の深い目の色に、おまきは物が言えなくなったのだ。

以来、二年の間、おまきは奥井家の厄介者の想《おも》われ人として暮らして来た。むろん表だっては理恵に重宝がられる女中として、日常の仕事を一度もおろそかにしたことはない。

奥井家の人たちは、二人の関係を口には出さなかったが認めていた。二人が問題を起こさなければそれでよし、そういう態度だった。

やがて盛之助が父親と同じ勘定組頭に昇進すると、盛之助は、かつての父親と同じく二百五十石を賜る知行取りになり、末席だが上士として胸を張れる地位に就いたのだった。

屋敷の中では中間が一人、女中も一人増員された。

ある一定の地位についたら、領内の百姓の倅や娘を奉公人として雇い入れる決まりが、この藩にはあった。これは奥州《おうしゅう》街道沿いの、厳しい土地柄の領民と、苦しい台所事情にある里見藩五万石ならではの約束事だった。

暮らしに苦しい百姓達の食《く》い扶持《ぶち》を減らしてやるかわりに、武家も安価な人手を得られるという、相身互《あいみたが》いの精神によるものだった。

ただ、新しい女中一人の増員は、そんな藩の約束事に加えて、理恵が男児を出産し、おまきだけでは手不足となった為《ため》だった。

ところがこの頃、皮肉にも、おまきも妊娠していたのである。

里見藩では、部屋住みの者の結婚は認められていない。まして子を持つなど論外だ。

おまきは、継之進に相談もせずに、ひそかに町の子おろしの医者に頼み、腹の子を始末した。

その日、打ちひしがれて奥井家に帰ってきたおまきを、継之進は何も言わずに、長い間抱きしめてくれた。

おまきの目から、たえることなく涙があふれ出た。

何も言わず抱き合っていても、継之進の無念や哀《かな》しみ、そしてなにより、おまきに対する労《いたわ》りは、ひしひしと伝わってくる。

そうして二人で、薄暗い離れ座敷で抱き合っているところに、母屋《おもや》の方から、生まれたばかりの赤子の泣く声や、理恵や女中がそれをあやし、やがて笑いがどっと起こる様子が、手に取るように聞こえて来た。

「おまき、許せ……」

絞り出すような声で継之進はおまきの耳に囁《ささや》くと、

「俺のいうことを真剣に聞いてくれ。お前はこの家から暇を貰って村に帰れ。そして人並みの幸せを摑《つか》め。子を産み、育てろ」

継之進が、そう言ったのだ。

「いいえ、私はこの家にいて、ずっと継之進さまのお世話を致します」

おまきは言ったが、

「愛《いと》しいお前の不幸を俺は見ておられぬ。俺の分も幸せになってくれ」

継之進は、許しを乞《こ》うような目で見詰め、もう一度強く抱きしめた後、部屋の外に出て行った。

翌日おまきは、理恵から暇を出されたのだった。

理恵の言葉の端からは、これが継之進の真心ゆえにとられたやむを得ない処置だという事が窺われた。

継之進は心を鬼にして、おまきに引導《いんどう》を渡す役目を、嫂《あによめ》に引き受けて貰ったに違いなかった。

——継之進さまの本心ではない。

おまきはそう信じたかったし、信じた。

それから二年後、おまきは家の都合で大百姓の家に嫁いだのだが、その婚家で、継之進が国を出奔した話を聞いたのである。

やがて、陰湿な嫁いびりの末に婚家を追い出されたおまきは、以後は実家の兄夫婦の厄介となっている。

そのことは奥井家の人たちも知っていたに違いない。ひっそりと暮らしていたおまきのもとに、理恵から会いたいという知らせが届いたのだ。

それが、奥井家とおまきとの、これまでの関わりであった。

振り返ると、なんとめまぐるしく、あっという間の出来事だったろうかと考える。

「おまきさん」

万平の声に我に戻ると、船は源森川の河口に着くところだった。

子馬がひと鳴きした。みんな立ち上がりながら、その馬に笑みを漏らした。

すると、

「おめえは最後だぞ、あわてるな、いい子だ」

馬喰は、得意げに子馬の背を撫《な》でた。

その様子を横目に、おまきは万平の手を借りて岸に上がった。

一帯を見渡すと、源森川の北側には大名屋敷の塀がずっと向こうまで伸びていた。

その塀のこちらの土手には、もみじの木が点々と植わっていて、まだ葉を染めるには少し早く、土手に優しげな木陰を作っていた。

隅田川の堤も、この土手も、いずれも郷愁をそそられるような景色である。

継之進はこの景観を見ながら暮らしていたのだと思うと、ふっとそこに継之進が佇《たたず》んでいるような錯覚に襲われる。

そして手前の、おまき達が降り立った南側の河岸地《かしち》には、ずっと東に向けて小屋が建ち、その小屋から煙が上っていた。

「何を焼いているんですかね」

万平が煙をのぞみながら言った。

煙を上げる小屋がある河岸地には、次々と船が着き、船の中から重たそうな麻袋を人足が運び出している。

そして更にその麻袋を小屋に運び、替りに小屋から出来上がった焼き物を担《かつ》ぎ出して船に運んでいた。

「あれは瓦《かわら》でさ、ここは瓦を焼いているとこなんだ。船で土を運んで来て、焼くのはここ、出来上がった瓦は、また船で運び出すんだ」

後ろから船頭の声が聞こえた。

「すると、中ノ郷瓦町というのは、このあたりですね」

万平は振り返ると、川に沿った東方を指し、これから訪ねる長屋を船頭に聞いてみた。

「そうだな、今おまえさんが言った長屋は、ほら、あの先に楠《くすのき》が見えるだろ……こっちから数えて、ひい、ふう、みい、よう、……九つ、もうひとつむこうかな、小屋の側に楠がある。そこから右に折れて大通りに出るといいよ。大通りに出たら、もう少し東に歩くんだ。そしたらすぐに下駄屋が見えてくる。長屋はその下駄屋の角から入るんだ。うん、我ながら道案内がうめえな」

船頭はまんざらでもない顔で、声を出して笑った。

二

おまきと万平が、目指す長屋に辿り着いたのは、まもなくの事だった。

大家の家は、長屋の木戸口の側の二階屋だった。

おとないを入れると、茄子《なす》のような顔立ちの中年の男が出て来た。その男が善兵衛《ぜんべえ》という大家で、奥井家に文を寄越した人物だった。

「奥井家の使いで参りました」

おまきが伝えると、善兵衛はほっとした顔を見せた。

「良かった。ひょっとしてどなたも引き取りには見えないのかもしれないと案じておりました」

善兵衛はそう言うと、二人を家の中に誘った。

女気のない家だった。家財道具も揃《そろ》ってはいるが、どこか部屋の中全体が索漠としている。

二階もあって、他の長屋とは比べものにならないほど広く暮らしているようだが、どうやら大家は一人暮らしのようだった。

善兵衛は、いそいそと茶を淹《い》れて二人に出した。そして自分の茶碗《ちゃわん》にも茶を注ぎ、ひと口呑んでから、しんみりと言った。

「奥井の旦那がお亡くなりになったのは、二十日も前のことでした」

「……」

おまきは、善兵衛の顔を穴の開くほどに見詰めて耳をそばだてた。

ひとことも聞き漏らさず、善兵衛が発する言葉を胸におさめて帰りたいという思いがある。

「なぜ亡くなられたのでしょうか」

訊《き》いたのは万平だった。

「心の臓の発作でお亡くなりになったようです」

「心の臓……」

万平は、意外だという顔で、驚いているおまきと顔を見合わせた。

善兵衛の話によれば、継之進はここ数年胸の痛みを訴えていた。医者から薬も貰っていて、それを聞いた善兵衛は、継之進に好きな酒も少し控えるように注意をしていたという。

だが継之進は、

「案じることはないぞ、善兵衛」

などと言って笑っていたが、善兵衛の心配は当たったのだ。

二十日ほど前のこと、継之進は源森橋の東側、河口近くで浮いていたというのである。

その場所は、先ほど二人が渡し船で下り立った所からそう遠くなかった。

「見付けたのは岡《おか》っ引《ぴき》の仙治《せんじ》という人でした。その仙治親分が調べたところでは、突然心の臓の病に襲われて川に転げ落ちたとしか考えられないというんです」

気の毒そうな目で、おまきを見た。

——本当に心の臓の発作だったのだろうか。

おまきの脳裏に微《かす》かな疑問が湧《わ》き上がったが、それを察したか、善兵衛は付け加えた。

「こんな事を申し上げると失礼なんですが、ご浪人の変死となると、一般に町方も調べもしないほどです。でも今回は、仙治親分はきちっと調べてくれましたからね。体に格別の傷はなかったようですし、お酒を飲んだことも分かっています。ただ水は少量しか飲んでなかったことから、例えば誰かの手で殺されたなどということは考えにくい。やはり心の臓の発作が原因だろうと、旦那がかかっていたお医者も検視して言っておりましてね。それで私も死因については納得したような次第でございまして」

おまきは、小さく頷《うなず》いた。善兵衛は続けた。

「それでですね、長屋もいつまでもそのままにしておく事は出来ませんから、私が身の回りの物を預かったということです」

「ありがとうございました。奥井の家では、継之進さまが行方知れずとなって久しく、大家さんのお手紙で、はじめて、この江戸で暮らしていたと分かりまして……」

おまきの言葉に、大家は深く頷いて言った。

「奥井の旦那だけではございませんよ。今はなんらかの事情があって、この江戸に流れついて住んでいる方は沢山います」

善兵衛はしかし、継之進に最初に会った時から、この人は悪い事をして江戸にやって来たのでない、そう思ったそうだ。

「あたしが三囲《みめぐり》神社で若いならず者にからかわれて困っていたのを、旦那が助けて下さいましてね。その時、住む所をお捜しでございまして……」

それで善兵衛は、すぐに自分の長屋の空き家を勧めたのだという。

さらに仕事を探すのだと聞いた善兵衛は、継之進の請け人《うけにん》を引き受けた。住処《すみか》があっても、口入れ屋で仕事を貰う為には、請け人が必要なのだ。

善兵衛は滅多なことでは、人の請け人になることはないのだが、継之進に限っては自分の方から買って出たというのであった。

「すると、継之進さまは、ずっとこちらの長屋に住まわれていたんですね」

万平が訊いた。

「そうです。そしてここから仕事に出かけておりました」

「どちらにですか……」

「ここに住み始めた頃には、瓦人足をしておりました。ですがまもなく、用心棒の口が見つかりまして。ここからさほど遠くない向嶋に秋葉《あきば》神社という紅葉で有名な神社があるのですが、その神社の境内にある大きな料理屋です。『武蔵屋《むさしや》』さんというお店です。貸座敷もやっているお店で年中繁盛《はんじょう》しているようですが、お客にはお酒がつきもの、酔っ払って手に負えないお客も結構いるようでしたから、ずいぶんと重宝がられていたようです。とにかく旦那は、ちっともお侍らしくない、威張《いば》らない方でしたから、みんなに好かれて、頼りにされておりました。そうそう」

と善兵衛は、くつくつと思い出し笑いをして、

「旦那は草餅《くさもち》が好きでしたね。時々買ってきまして、ここで一緒に食べましたよ」

善兵衛は、おまきが座っている辺りに、ちらっと視線を流すと、

「草餅食べる時の旦那は、とっても幸せそうで……一口一口、噛《か》みしめるように食べるんです」

おまきの脳裏にも、継之進が草餅を食べる時の、嬉《うれ》しそうな、懐《なつ》かしそうな、幸せそうな顔が浮かんできた。

きっと昔、お母上さまに作って頂いたことを、思い出しているのに違いない、

おまきはそう思いながら見ていたのだ。

「あんまり身なりには頓着《とんちゃく》ないお方で……」

善兵衛は、思いだし思いだし、ひとつひとつ話してくれた。

おまきには、そのどれもが、はっきりと見えてくるようで、胸が詰まった。

「少しお待ちを……」

善兵衛は、よっこらしょっと腰を上げると、隣の部屋から風呂敷《ふろしき》の包みひとつを抱えて戻って来た。

「どうぞ、お確かめ下さい」

おまきの前に置いたのは、使い古した鼠色《ねずみいろ》の風呂敷包みだった。

――あっ。

と、おまきは声を出しそうになった。

その風呂敷は、継之進が亡くなった母が縫ってくれた風呂敷だと言い、外出する時には良く使っていたものだった。

「奥井の旦那は、昔のことは何もおっしゃいませんでした。ですが、自分の国は出羽国里見藩だと、それはいつだったか教えて下さいまして。それで、お亡くなりになった時に、里見藩の江戸屋敷をお訪ねしたんです。そしたらなんと、兄上様がお国元で勘定組頭をなさっておられると分かりまして、それでお手紙を差し上げた次第です。ですが、ひょっとして人違いということもありますし、また、ご家族とは全く縁を切っておられる場合もございますでしょう。お知らせして良かったのか悪かったのか、果たして遺品をとりにおみえになるのかどうか、私もずいぶん悩みました」

風呂敷を見詰めるおまきの顔に、善兵衛は言った。

「大家さん、人違いなどではございません。この風呂敷には見覚えがございます。継之進さまのものです」

おまきは答えた。

そして、息を整えてから、結び目をほどいた。

「……」

万平も身を乗り出して覗いている。

おまきは、風呂敷の中に入っている遺品を、ひとつひとつ、そっと取り上げて行く。

金盥《かなだらい》、剃刀《かみそり》、硯《すずり》と筆、それと三囲神社と刺繍《ししゅう》のあるお守り袋、茶碗と箸《はし》、それに洗いざらした小袖《こそで》一枚、新しい下帯……。

そして、真新しい美濃《みの》紙に包んであったのは、遺髪と、戒名を書いた短冊《たんざく》だった。

「……」

遺髪は継之進の物だとすぐに察した。そして戒名は、

「おまきさん、亡きお母上さまのものですね」

万平が囁いた。

するとすぐに、善兵衛が言った。

「そのようでした。この短冊に、朝な夕なに旦那は手を合わせておられました」

おまきは戒名を書いた短冊を取り上げて見詰めた。

「私はその時思いましたよ。旦那も私と同じだと……ええ、実は私も、この江戸のさる問屋に奉公するために国を出て来た者ですが、その時から数えると、もうこの江戸に暮らすのもずいぶんになりますからね。奉公していた時に貯《た》め

たお金で大家の株を買い、今ここに暮らしている訳ですが、それもこれも、出て来た故郷にはもう、自分の居場所がないからです。両親の墓参りもなかなか出来ません。私も、両親の戒名を書いた紙に手を合わせております」

しみじみと言う善兵衛の言葉に、おまきは頷いて聞いている。

「おまきさんとおっしゃいましたね」

善兵衛はおまきを改めて見た。

「はい」

「よく来て下さいました。私は本当に嬉しい……」

「善兵衛さん……」

「皆、故郷を捨ててきた者は、ここで、この江戸で、独りで死んでいくしかないんですから……そういうことですから……遺品をとりに来て下さるのかどうか、私には、とても人ごととは思えませんでした」

善兵衛は、おまきの手にある短冊をじっと見た。

善兵衛が今言った気持は、継之進の気持でもあったのだと、おまきは思った。

両親を敬う心、兄を慕う心は人一倍の継之進だったのだ。継之進が故郷を思いながら短冊に手を合わす光景が、おまきには見える。

おまきは戒名を書いた短冊を、継之進の遺髪の横に置いた。

――でも、お父上さまがお亡くなりになったのは、知らなかったんですね、継之進さま……。

心の中で遺髪に語りかけた途端、おまきは顔を両手で覆《おお》った。熱い涙が溢《あふ》れてきた。押さえ込もうとしたのだが出来なかった。

「おいたわしいことです」

万平も呟《つぶや》くと、くっくっと声を殺して泣いた。

継之進が残していた家賃、亡くなったのを知って大家に泣きついてきた米屋、味噌《みそ》屋《や》、薪屋《まきや》への支払い、それとは別に、心ばかりの礼金を善兵衛に渡し、おまきと万平が長屋を後にしたのは昼過ぎだった。

大家の善兵衛も一緒に家を出て来た。

そして三人は、近くの蕎麦屋《そばや》で遅い昼食を済ませた。支払いは大家がしてくれた。

善兵衛はその名の通り人の良い人間で、おまきがお礼として渡したそのお返しにと、蕎麦を振舞ってくれたのである。

「この蕎麦屋にも旦那は良く来ていたようです。皆びっくりしているんです、余りに突然のことでしたからね。ほんとに、私も何時《いつ》どうなるか分からないいって思いましたよ」

善兵衛は、弱気な事を言った。

食事を済ませると、善兵衛の案内で、二人は継之進が葬《ほうむ》られた寺に赴いた。

そこで線香を手向けると、継之進の遺体が発見されたという場所に向かった。

それは源森橋から東に十間ほど、おまきたちが船を下りた所からそう遠くない場所だった。

「橋の上から落ちたのか、それとも水際《みずぎわ》に下りてお医者さんに貰っていた薬でも飲もうとしたのか分かりませんが……」

善兵衛は橋を眺め、それから川の流れに目をやった。

おまきは水際まで歩いて行くと、手を水の中に差し入れた。

冷たかった。この季節だ、こんなに冷たい水の中に落ちてしまったら、心の臓が悪くなくても止まってしまうのではないか、そう感じた。

「お手数をかけました」

おまきは善兵衛に礼を述べた。

「それではお気を付けて」

頭を下げて見送る善兵衛を後にしたが、十歩も歩かないうちに後ろから声を掛けられた。

「もうひとつ、お伝えすることを忘れていました」

善兵衛は小走りしてやって来ると、二人を源森川河口にある、山の宿の渡し場に連れて行った。

先刻おまきたちが下り立った船着き場である。

今も停泊している船に数人の客が乗り込んで船が出るのを待っていた。

善兵衛は、そこから対岸の花川戸を眺めると、

「去年の今頃だったでしょうか。旦那とここを通りかかったことがあります。その時旦那は対岸を眺めて、こうおっしゃったのです――善兵衛、俺には使命があるのだ。その使命を果たさなければ心の臓の病で死ぬ訳にはいかぬ――

と」

「使命がある、継之進さまはそうおっしゃったのですか」

おまきは聞き直して、万平と顔を見合わせた。

二人に心当たりがある訳ではないが、意外な話を聞いたと思った。

継之進が江戸で暮らしていたのは、何か目的があったのだと分かったからだ。

「はい、そのようにおっしゃいました。使命があるのだと」

善兵衛は迷いもなく言った。

「……」

おまきの脳裏には、対岸を眺めて立つ、継之進の後ろ姿が浮かんでいる。少し寂しげだが、風に着物の裾《すそ》を靡《なび》かせて立つその姿は、まぎれもなく決心を秘めた男の姿だった。

「そして、こうもおっしゃいました……」

善兵衛は話を続けた。

「――使命を果たした暁《あかつき》には、俺は町人になり、この渡し船で向こうに渡って国に帰る。待ってくれている人と人生をやり直すのだ。近頃ようやく決心がついた——と」

　おまきは驚いて、思わず善兵衛の顔を見た。

　——待ってくれている人とは、もしや……。

　自分のことかと、そう思うと、心の臓は激しく打った。

「あの時の旦那は、いつもとは少し違っておりましたな。今となっては何のことをおっしゃっていたのか分かりませんが、この先、何かを知るきっかけになればと思いまして、お話ししました」

　善兵衛は言った。

　おまきは深々と頭を下げた。

　そして、善兵衛の話にあった向嶋の料理屋武蔵屋に向かった。

　源森川に沿ってあった大名屋敷は、善兵衛の話では水戸藩の下屋敷だということだったが、武蔵屋の店まで、そこからさほどの距離ではなかった。

　料理屋の女将《おかみ》に会って、ひととおりの礼を述べると、女将は継之進の死は残念だったと、涙を袖で拭《ぬぐ》った。

「帳簿付けからお客の見送り、なんでも快く助けてくれましたからね、旦那は……もうこの店のみんなも大変悲しんでおります」

女将の言葉は世辞《せじ》ではなかった。

大家の善兵衛の話もそうだが、遠いこの江戸で、周りのみんなに頼りにされて暮らしていた継之進の姿に、おまきはほっとしたし、少し救われるような気がした。ところが、

「あの、それと、旦那にはいい人がいたんですよ……」

女将の言葉に、おまきは虚を突かれた。

「うちで働いている仲居《なかい》ですがね、おみわというひとです。今日は休んでおりますが……」

「……」

おまきは、思わず万平の顔を見た。万平も驚いていた。

「その人、どちらにお住まいですか」

平静を装《よそお》って聞いたのだが、おまきは動揺していた。

「すぐ近くですよ。おみわさんなら、もっと旦那のこと、知っていると思いますからね。お会いになってみてはいかがですか」

「ありがとうございます」

おまきは礼を述べて背を向けた。

激しく心が揺れている。

この江戸に来る道中でも、心の奥底では、継之進には好きな人がいたかもしれないという恐れを抱いていた。だがどこかで、そんな事はない筈《はず》だと打ち消していた。そんなおまきをほっとさせてくれたのが、先ほどの善兵衛の言葉だが、いくらもたたないうちに、恐れていたことは現実のものとして突きつけられたのだ。

激しい嫉妬《しっと》が胸を突き上げてくるのを、おまきはどうする事も出来なかった。

――これほどまでに、私は継之進さまを愛していたのだ……。

自分は、継之進のただ一人の想われ人として、嫁いだ先でさえ慕い続けていたというのに、嫁ぎ先での不和もその事に起因していたと言えなくもないというのに。

嫁ぎ先から離縁状を渡された時も悲しむどころか、むしろほっとしたものだった。これで誰はばかることなく継之進を慕い続けられると嬉しかった。

——なんと思い上がっていたのかしら……。

おまきは自分が滑稽《こっけい》に思えた。自分がひたすら想い続けていたその時に、継之進にはもう新しい人が出来ていたのだ。

——いや……。

継之進に好きな人がいたのは当然のことだ。若い継之進が一人でいられる筈はない。しかもおまきの知らない江戸というこの異境の中で暮らしていたのだ。継之進には支えが必要だった筈だ。遠くで暮らしていた自分に、いったいどんな手助けが出来たというのだろうか。

おまきは自分の心に、強く平静を保つよう言い聞かせながら、一歩一歩踏みしめるようにして歩いた。

黙然として歩くおまきを案じてか、万平が声を掛けてきた。

「おまきさん、もう宿に帰りましょう。明日は国に出立です。ゆっくり休養しておくほうがいい」

その言葉に、おまきは反射的に口走った。

「宿には万平さん一人で帰って下さい。私、おみわさんという方に会ってきます」

「おまきさん……」

万平の声は、おまきを案じていた。

「心配はいりません。会って帰らなければ、私、一生悔やむような気がします」

「しかし……」

「大丈夫です。継之進さまがここでどのような暮らしをしていらしたのか、それをこの目でしっかり確かめておきたいのです」

案じ顔の万平に背を向けて、おまきはおみわが暮らすという、延命寺近くの農家に向かった。


「あたしが、おみわですが……」

女はおまきの訪問を受け、怪訝《けげん》な顔で、暗い部屋から外に出て来た。

おみわが暮らす農家というのは、竹藪《たけやぶ》を背にした小さな粗末な家だった。

庭には鶏を放し飼いにしているし、猫の額ほどの庭の端っこには幅一尺ほどの溝に清水が流れている。

そこに、柄杓《ひしやく》や桶《おけ》や盥《たらい》がおかれているところをみると、生活に使う水はそこからくみ上げて使っているものと思われた。

ただ、家の中は、背後から覆い被《かぶ》さるようにして茂る竹藪のせいか、差し込む光はまばらで暗かった。

家の外に出て来た女を見たおまきは、瞬時にして家のまわりに視線を走らせていた。女と継之進の、ここでの暮らしを覗《のぞ》きたかったのかもしれない。

「おまきと申します」

おまきは動揺していた。

おみわが、ぽっちゃりとした男好きのする顔で、おまきより遥《はる》かに魅力的な女性だったからだ。

——ああ、継之進さまは、この人を心底愛したに違いない。

おまきは咄嗟《とつさ》にそう思った。

奥井家で女中をしていた時、理知的な理恵の美しさに比べ、自分の顔の平凡さに、やはり身分の違いもあるのかもしれないと、妙な納得をしたものだったが、目の前の女性は身分は自分と同じだが、自分より遥かに美しかった。

武蔵屋の女将から、いい人がいると聞いたあとも心は乱れたが、そのいい人は、きっと自分より見た目も劣っているに違いないと、勝手に決めつけていた。

そう決めつけることが、唯一《ゆいいつ》自分を平静に保つ方法だったからだ。

ところがおみわは、その心根は知るよしもないが、少なくとも外見は、おまきより一段上の女に見えた。

しかもおまきとかわらない年頃のようだと思うと悔しさが身を包む。

だがおまきは、心を奮い立たせて、奥井家から遺品を取りに来た者だと告げた。

「それは良かったこと……継之進の旦那も、きっと喜んでいると思います。だってあの人は、お国が恋しくて仕方なかったんですもの」

おみわはそう言った。嫌みのない言い方だった。

「でも、おみわさんがいてくれて、継之進さまはお幸せだったに違いありません。本当にありがとうございました」

「いいえ、幸せを貰《もら》ったのは私の方です。あの人は情け深い人ですから、子持ちの私が武蔵屋で下働きをしているのを、きっと気の毒に思って、それで……」

おみわは、荒れてひびの入った自分の手を、そっと前垂れの中に隠した。

「おっかさん」

その時だった。五、六歳の男の子が、竹で編んだ小さな籠《かご》を手に帰って来た。

「沢ガニとったよ。今晩のおかずだ」

得意そうに、おみわの前に突き出した。

「いやだねえ、お客さんにご挨拶《あいさつ》は……」

おみわが、男の子の肩を持って、おまきの方に顔を向けると、

「ちわ」

男の子は小さく頭を下げて挨拶した。ふっとどこか継之進に似ているのではと、おまきはどきりとしたが、

「こんにちは、お名前は……」

腰をかがめて男の子の顔をじっと見た。

「平太《へいた》だい」

男の子は照れくさそうに言うと、家の中に駆け込んで行った。

「あのお子さんは、もしや……」

不安な面持ちで聞いたおまきに、おみわは首を横に振った。

「あの子は、先の男との間に出来た子です。どうぞご心配はなさらないように」

「……」

「あの子も旦那にはなついておりました。字を習ったり、昔話を聞かせて貰えるのが、とても嬉しかったようです。ですから、あの人が亡《な》くなったと知った時には、あの子も泣いて泣いて……二人して泣いてね、私も涙が枯れちまいました」

おみわは寂しく笑ったのち、

「すみません。変な話をしちまって……でも、私、今になって思うんですが、旦那とは、ままごとをしていただけなんだって……。あの人は、けっして一緒に暮らそうなんてことはおっしゃいませんでした。俺とこうしていても、子の一人も産ませることかなわぬが良いかな、ともおっしゃいました。それでもあたしは良かったんです。時々あの人が、ここを訪ねて来てくれて、その時だけ夫婦のように暮らして……」

涙は枯れたと言ったおみわの目が光っている。

「すみません。辛《つら》いことを思い出させせまして」

「いいんですよ。こうして思い出して、何度も涙を流しているうちに、気持も落ち着いてくるんですから」

「おみわさん、おみわさんは何故《なぜ》、継之進さまがお国を出奔したのか、聞いたことはございませんか」

「知りません。旦那は、これっぽっちも、そんな話はなさいませんでした」

「そう……」

「先ほども申しましたが、私とあの人との関係は、そんな大事な話をするような仲ではございませんでしたから」

少し寂しそうに言った。

おまきは黙って頭を下げた。

踵《きびす》を返そうとしたその時、おみわが言った。

「あなたが、あの人の心に住んでいた人ですね。そうですね」

三

――継之進さまは、この渡し船を眺めながら国に帰る日を願っていた。使命を果たしたその暁には、町人になって人生をやり直すのだと……。

おまきは、帰りの渡し船の中で、善兵衛から最後に聞いた言葉を何度も思い出していた。

継之進が言ったという使命とは、いったい何のことだったのか。また、その使命を果たしたら、国で待ってくれている人と人生をやり直すとは、もしや私とのことを言ってくれたのだろうか……。

そんな風に思えば思うほど、おまきの心は締め付けられた。

大きく息をついで心を鎮《しず》め、対岸の、川の西側にある家並みの上を見上げると、既に陽は傾いていた。

鳥の一声に顔を上流に向けると、都鳥だろうか、白い羽の鳥が五羽、隊列を作って飛んで行くのが見えた。

おまきはその鳥の一団を、船上から見えなくなるまで見送っていた。

その脳裏に、また、おみわが最後に言った言葉が甦《よみがえ》った。

おみわはあの時、こう言ったのだ。

「私にはわかっていました。旦那には大事な想《おも》い人がいるんだって……。どんなに努力しても、その人には勝てない、私ずっとそう思ってきました。でもそれがあなただったとは……でもあなたで良かった、あなたに会えて良かったと思います」

あの言葉で、おまきも今では、おみわとは同じ悲しみを共有する親友のような気がしている。

――継之進さま。

山の宿の渡しにおりたおまきは、もう一度対岸の向嶋を振り返り、継之進の名を呼んだ。

もう二度と渡ることもないだろう向こう岸に、おまきは心の中で手を合わせた。

すっかり薄暗くなった道を急いで宿に戻ると、

「おまきさん、お客さんです」

玄関で待ち構えていた万平が言った。

「お客さん……」

おまきに心当たりはない。江戸に知人も親戚《しんせき》もいなかった。

「江戸の藩邸にお暮らしの安西吉之助《あんざいきちのすけ》さまとおっしゃるお方です」

と万平は言った。

「安西、吉之助さま……」

口に出して名をなぞってみたが、おまきに覚えがある筈はない。

急いで万平と二階の部屋に入ると、継之進と同じような年頃の武士が端座して待っていた。

武士が座っている横手の床の間には、真っ白い半紙の上に継之進の遺髪が置かれ、線香が手向けられていた。

一足先に宿に戻った万平が整えたようである。

客人の侍も、どうやら二人が部屋に入ってくるまで、継之進の遺髪と相対していたようだ。侍の顔には哀《かな》しみが滲《にじ》み出ていた。

「お待たせして申し訳ございません」

おまきは、静かに入ると侍の前に手をついた。

「おまきさんだな。拙者は安西吉之助と申す。継之進とは永谷道場で一緒だった者だ」

吉之助は、おまきが顔を上げると、丸い顔でおまきを見た。

おまきは頷き、背を伸ばして吉之助を見返した。

「いやいや、かしこまらんでくれ。突然訪ねてきてすまなんだ。実は大家の善兵衛から連絡を貰っていたのだ。国から誰か、継之進の遺品を取りに来るかもしれんとな」

「善兵衛さんが……」

「実は善兵衛は継之進が亡くなってすぐに藩邸にやってきたことがあった。奥井継之進という人物に覚えはないかと尋ねに来た訳だが、その時、応対したのが私だったのだ」

と吉之助は言った。

「まあ……」

おまきは小さな声を上げた。

「私は善兵衛の話を聞いて驚いた。まさかこの江戸に、継之進が暮らしていたなどと、それまで全く知らなかったのだ。善兵衛に、国元に兄がいることを伝えたのもこの私だ。その時に、もしも国からどなたか遺品を取りに来るようなら知らせてくれ、そう頼んでおいたのだ」

おまきは、吉之助を見詰めたまま頷いた。

「それで、どなたも参らぬようなら、私が遺品を預かって国元に持ち帰り、友人として遺髪を埋葬してやろうかと考えていた」

吉之助は、ちらりと床の間にある遺髪を見遣《みや》った。

「善兵衛が私に知らせてくれたのはそういうことだ。おまきさんが来るというのは奥井家の奥方から昨日文をいただいて知った。それならば私も、一度そなたに会っておきたい、そう思って出向いてきたのだ」

「恐れ入ります」

「そなたの事は、継之進から聞いていたからな」

おまきは、不意に胸の内に踏み込まれたように狼狽《ろうばい》した。

だがすぐに、嬉しさがこみ上げてきた。自分のことを大切な友人に話してくれていたということは、おまきに対しての愛情は紛れもないものだったという証拠である。

「私はな、おまきさん、そなたにだけは、なぜ継之進が出奔したのか、伝えておくべきだと思ったのだ」

「安西さま……」

おまきは、顔が硬くなるのを覚えた。

「実は私も継之進と同じく、あの折、目付に呼び出された一人だ」

吉之助は、じっとおまきの顔を見た。

「お話し下さいませ。お願い致します」

「うむ、まずは、何故目付に呼ばれるような事態となっていたのか、そこから話さなければなるまい」

安西吉之助は大きく頷くと、語り始めた。

六年前、里見藩では大雨で大きく山が崩れて民家を押し流し、もともとあった川の流れが大きく蛇行して変わってしまったことがあった。

藩はこの新たな川の流れに沿って、今後の大雨に備える普請《ふしん》を始めたが、人手が足りなかった。

そこで、若手の藩士と、次男三男の部屋住みの者たちを総動員して、普請を期日までに済ませるという策に出た。長梅雨を控えていたのである。

むろん日当も弁当も出るという話で、次男三男たちは喜んで参加した。

当時安西吉之助は、亡くなった父の家督を継いだばかりだった。若手の藩士の一人として参加した訳だが、奥井継之進と矢崎六三郎は部屋住みの身分として参加した。継之進は奥井家の次男、六三郎は矢崎康之助《こうのすけ》の三男だった。三人はともに永谷道場時代からの親友だったから、厳しい普請のお役目とはいえ再会を喜んだ。

ただ普請組は三組あって、吉之助と六三郎は砥部左馬助《とべさまのすけ》という組頭の下に、継之進は深山《みやま》という組頭の下に組み込まれた。

昼になると三人は一緒に食事をしたが、少年の頃ににぎり飯を持って、城下の西側を流れるもみじ川の上流に魚釣りに行った時の話を思い出して笑いあったものだ。その時分かったのは、どの組にも次男三男の部屋住みは、十人以上はいるらしいということだった。

それに、皆が皆、参加を楽しんでいる訳ではなかった。普請の現場では、もめ事はどこの組でも起こることだが、砥部組においては、砥部があまりに人使いが荒く、不満は早くから出ていて、食事の時にぼそぼそとそんな話をする者もいた。

そんなある日のことだった。

大雨で出来た新たな川の流れに沿って普請を進めてきたことを組下の者たちに説明していた砥部に、矢崎六三郎が異議を唱えたのだ。

砥部のいう通りにすれば、普請は早いが、下流の、これまで耕してきた米のとれる田が使い物にならなくなる。百姓たちは承知しているのか、使えなくなる田の保障はあるのかと問い質《ただ》した。

わが藩には平野が少ない。もう一度考え直した方がいいのではないかとも、六三郎は言ったのだ。

すると、砥部が怒り出した。

「お前の名は矢崎だったな。確か部屋住み……ただ飯喰らいが、わしに異議をとなえるとは、笑止《しょうし》だ」

斬《き》って捨てるような言い方をした。

そこにいた三十人ほどの者たちは、思わず立ち上がって身構えた。監督官の砥部は両刀を帯びているし、配下の者たちは作業小屋に大刀は置いてきているが、小刀は腰に差している。

矢崎の意に賛同した者や部屋住みたちは、砥部を睨《にら》んで立ち上がったし、砥部たちにすり寄る藩士たちは、六三郎に敵意剝《む》き出しで立ち上がった。あたりは一瞬にして険悪な空気に包まれた。

「六三郎、謝れ」

騒動を懸念《けねん》して吉之助は声を掛けたが、もう遅かった。

砥部が、木刀を手に、六三郎に歩み寄っていた。

「目障《めざわ》りな！」

砥部は、六三郎に木刀を振り下ろした。

「えい！……えい！」

砥部は力いっぱい、木刀を六三郎の背中に打ち下ろす。

だが、歯を食いしばって耐えていた六三郎がよろりと立ち上がった次の瞬間、砥部は六三郎に組み付かれて、一間《いっけん》ほど飛ばされていた。がつんと音がした。藩士たちが砥部に走り寄った。砥部は石に頭を打ちつけたらしく頭から血を流して仰向けに倒れていた。

「戸板だ！……早く！」

誰かが叫んで、戸板が運び込まれて砥部を載せた。

急ぎ町医者に運んだのだが、その日の夕刻には、砥部は生死の境を彷徨《さまよ》っているという一報が入った。

「私と継之進が、目付の神山孫十郎《かみやままごじゅうろう》さまに呼ばれたのは、その夕刻だった……」

吉之助はその時の有様が克明に甦ってきたのだろう。苦しげな顔で重い息を吐いた。

その日、神山は執務室に二人を招き入れると、

「矢崎六三郎が砥部左馬助に大怪我《おおけが》を負わせ、今は町外れの水車小屋に立てこもっている。水車小屋の爺《じい》さんが人質になっているようだ。わしの配下の者た

ちが六三郎を捕らえに行ったが、奴《やつ》に大刀を奪われて一人斬られてな、死んだ。手がつけられぬゆえ、そなたたち二人に矢崎の捕縛を頼みたい。小屋から引きずり出したら、わしの配下に渡してくれればいいのだ」

なんと神山は、二人をかつての道場仲間と知った上で、六三郎を捕縛しろと命じてきたのだ。

吉之助は即座に、争いになった顛末《てんまつ》を告げた。けっして六三郎だけに非がある訳ではなく、六三郎も肩や背中に傷を負っている筈だと訴えた。しかし、

「砥部は上士だ。六三郎は部屋住みだぞ。身分をわきまえぬ所行は許されぬ。これは執政全員の一致した考えだ。砥部の命は風前の灯火《ともしび》、捕縛に向かった徒目付《かちめつけ》一人をも六三郎は斬り殺した。もはや奴に正義はない」

神山の言葉は厳しく、吉之助も継之進も顔を見合わせて口を閉じた。

「いう事をきかないようなら、斬って捨てろ」

容赦のない言葉が、神山の口から出た。

継之進は手をついて、即座に言った。

「しかし、ご存じのように、それがしは六三郎とは親友の間柄。このお役はどなたかに……」

最後までいう前に、神山はぴしゃりと言った。

「奥井の家がどうなってもいいというのか。六三郎にしてもそうだ。せめて非を詫《わ》び、自裁してくれれば、矢崎の家も助かる道はあるというのに……」

吉之助にも継之進にも、神山の命令は盤石《ばんじゃく》の重みとなってのしかかっていた。家名のためには実行するしかすべはなかった。

二人はすぐに、水車小屋に向かった。

水車小屋は町の西側を流れる、もみじ川にあった。

川のせせらぎと水車小屋の杵《きね》の音を思い出す。三人が上流に魚を釣りに行ったあの川だ。普請にかり出されていた大川と違って、こちらは川幅も狭く、水深も浅く、流れもゆるやかで、子供たちはもっぱらこのもみじ川で遊んだ。そして遊び疲れると、川筋に昔からある水車小屋に立ち寄った。

小屋には爺さんがいて、子供たちが立ち寄ると、嬉しそうな顔で出て来て、

「芋でも食うか……」

などと言って、ふかした芋を馳走《ちそう》し、話し相手をしてくれたものだ。吉之助も継之進も、六三郎だって子供の頃から良くなじんだ場所だったのだ。

その小屋に立てこもり、しかも爺さんを人質にとるとは、いくら切羽詰まったとはいえ、六三郎は何を考えている、もっと早く国を出ることは出来なかったのか、小屋に向かいながら吉之助は独りごちた。

「動きはありません。爺さんの声も矢崎の声も聞こえていません」

二人が水車小屋に到着すると、見張りに立っている五人の徒目付が、小屋の方を睨みながら言った。水車は止まっているから杵の音もしていない。

月明かりの中に水車小屋は静かにあった。

「手出しはしないようお願いしたい」

継之進は徒目付たちにそういうと、吉之助と水車小屋に向かった。「矢崎、六三郎、俺だ、継之進だ」

水車小屋の前に到着すると、継之進は中に呼びかけた。

だが、小屋の中では、鼠《ねずみ》一匹動く気配も無い。

二人が顔を見合わせた時、

「やっ！」

いきなり抜刀した六三郎が戸を蹴《け》り開けて外に出て来た。

「六三郎……」

継之進が呼びかけたが、六三郎は友の姿など目に入らぬのか、虚《うつ》ろに周囲を見渡している。

髪を振り乱し、砥部が打ち据えた時の傷なのか、破れた袖から突き出した腕や額、頬など、あちらこちらに鬱血《うっけつ》して黒くなった痕《あと》が見える。形相は阿修羅《あしゅら》のごとく険しく悲壮であった。

「俺に任せてくれんか」

継之進は吉之助に小声で伝えると、

「六三郎、俺を打ち据えて逃げろ、国を出ろ」

今度は低い声で言った。だが、

「聞く耳もたぬ！」

六三郎は血走った目で叫ぶと、継之進に突進してきた。

「やめろ！」

継之進は慌《あわ》てて剣を抜いて六三郎の刃を撥《は》ねのけた。だが、継之進の横をすり抜けた六三郎は、再び撃ちかかって来た。

激しい剣の撃ち合う音が、青白い光の中に響いた。

道場時代は、二人の剣は互角だった。気を緩めれば斬られる。

体勢を整えようとして、撃ち込んで来た次の剣を跳ね上げたその時、なんと六三郎は、継之進の剣先を素手で摑《つか》み、自身の胸に突きたてたのだった。

「六三郎！」

横倒しに倒れた六三郎を、継之進は駆け寄って抱き起こした。

吉之助も、六三郎の名を呼んで駆け寄って来た。

「ふっ」

継之進の剣を手に握ったまま倒れた六三郎が、哀しげな笑みをみせた。

「おぬし、何故だ！」

六三郎を抱き起こした継之進に、六三郎は言った。

「俺はどうあがいても助からぬ。これでいいのだ。継之進、厄介者はこんなものだ、虫けらと変わらぬ。おぬしは俺の轍《てつ》は踏むな」

「馬鹿《ばか》な、死ぬな、六三郎」

吉之助も叫んだ。

「お前達のことは忘れぬ」

六三郎はそういうと、二人の目の前で息絶えたのだった。その背中は、砥部の木刀で打ち据えられて着物は無残に千切れていた。その千切れた着物の間から、鬱血して赤黒くなった肉が盛り上がっていた。

六三郎は砥部と争った後、泥に汚れたままの姿で、まっすぐこの小屋にやってきたようだった。まるで物乞《ものご》いのような形《なり》だった。

継之進は、六三郎が摑んでいた剣を手から外してやった。そして自分の襦袢《じゅばん》の袖を引きちぎると、

「おい、水をくれんか」

吉之助から竹の水筒を受け取った。

水筒の水で袖を濡《ぬ》らし、六三郎の口をまず湿《しめ》してやる。それから土と血で汚れた顔を拭《ふ》いてやり、次に手をとって指の一本一本を拭き始めたが、

「うう……」

継之進は、拭いている手を止めて泣いた。吉之助も泣いた。

その時だった。水車小屋から爺さんがよろよろと出て来て、六三郎の側にしゃがむと、ぽろぽろと涙を流した。

「六三郎さまは幼い頃から、よおく小屋に遊びにきてくれました。この爺は、良くして頂きました。爺は人質などではございません。爺が六三郎さまを匿《かくま》ったのです。ああ、おかわいそうに……」

爺さんは、六三郎の手を握った。

「やっ、斬ったのですね」

徒目付たちが走って来て暢気《のんき》な顔で覗く。

「いや、自裁《じさい》したのだ。目付殿には、そう伝えてくれ」

継之進は険しい声でそういうと、吉之助と小屋を後にした。

吉之助は話し終えると、冷えた茶を一服した。

おまきは、まだ息を殺して耳をそばだてている。

「継之進は翌日出奔したのだ」

吉之助は、ぽつりと言った。そしてまた茶を啜《すす》って話を継いだ。

「俺には嫌な予感があった。小屋に向かう道すがら、継之進はこう言っていたのだ。無二の友を死に追いやって、俺は一家を構えたいとは思わぬ。六三郎は俺で、俺が六三郎だったんだ。俺には部屋住み同士の仁義があるのだとな。その時に、継之進は既に出奔を決意していたに違いないのだ。継之進は、私を傷つけまいとして自分一人で六三郎に向かったのだ。そして一人で国を出て行った。継之進が出奔したのは、そういう事だったのだ」

吉之助は大きく息をつくと、さて、帰るかと言い、立ち上がった。

おまきは宿の玄関先まで見送りに出た。

「おまきさん、道中無事にな」

踵《きびす》を返した吉之助に、おまきはふと気付いて呼び留めた。

「お待ち下さいませ。ひとつお聞きしたいことがあります」

振り返った吉之助に、おまきは走り寄った。

「砥部さまとおっしゃる方は、六三郎さまのせいでお亡くなりになったのですか」

「いいや」

吉之助は首を振った。

「砥部は元気になって、この江戸詰となっていた。だが……」

「だが？」

「ひと月前のことだ。この江戸の、神田川のほとりで、何者かに斬り殺されていた」

「……」

おまきは絶句して見返した。

「犯人は分かっていない」

「……」

「何を驚いているのだ」

「いえ……」

返事を返しながら、おまきは善兵衛が言った言葉を思い出していた。

――継之進さまの使命とは、もしや……。

と見返したおまきに、吉之助はきっぱりと言った。

「天誅《てんちゅう》だな、俺はそう思っている」

おまきは、月の光を頼りに帰って行く吉之助を見送って、しばらくそこに立ち尽くした。

天誅……吉之助の言葉が、何度も頭の中を駆け巡っていた。

翌日早朝、おまきは出立前に、山の宿の渡し場に立った。

早朝の第一便が、向こう岸の渡し場からこちらに向かってくるのが見えた。

客は二、三人だった。

あの船でこちらに渡り、継之進さまはどれほど国に帰りたかったことだろうか。

そう思った時、おまきは客の中に継之進の姿を見たような気がした。

——継之進さま、一緒に帰りましょうね。

おまきは、船が着くのをじっと待った。

初雪

一

「すまないが、その荷物はそっちだ。店の中に運んで貰《もら》おうか」

大声を張り上げているのは水菓子問屋『山城屋《やましろや》』の番頭、徳兵衛《とくべえ》だった。

「蔵まで運びますか、それとも店の棚ですか！」

徳兵衛に聞き返したのは、甲州勝沼《かつぬま》からぶどうを運んで来た、秀治《しゅうじ》という若衆《わかいしゅう》だった。

秀治の声も良く通る大きな声だった。紫に染めた法被《はっぴ》に『甲州御ぶどう』とある。

甲斐《かい》は天領、その勝沼で丹精をこめて育てたぶどうは、ずっと昔から将軍様に献上の品として知られているが、近頃ではこうして市場にも出して水菓子問屋に引き取られ、下々の口にものぼるようになった。とはいえ、それでもぶどうを口に出来るのは、余裕のある限られた人たちと言ってもいい。

そんな貴重な品を生産し、こうしてはるばる御府内まで運んで来た秀治たち一行は、並の百姓達が真似《まね》のできない仕事に就いているのだという気概と誇りがあった。

興奮に顔を染めた秀治は、先頭の大八車《だいはちぐるま》に付きそっていた。その後ろにはぶどうの入った木箱を満載した十数台の大八車が立ち往生しているのだ。

寝る間も惜しんで運んで来た特産品も、このままでは鮮度が落ちてしまう。一刻も早く問屋の手に渡さなければならない。秀治の声は苛立《いらだ》っていた。

しかし、この町一帯は、言わずと知れた江戸一番の神田の青物市場だ。

秀治たちが運んで来たぶどうの荷の他にも、イチジクの荷や、まだ青みが残る早採りの柿《かき》、それに大根その他野菜を積んで近郷近在から集まった大八車が所狭しと大通りを埋め尽くしている。

そして、その場所その場所で競《せ》りが始まっていた。身動き出来ないほどの混雑だった。いや、混雑というより、殺気だっている。

そんな喧騒《けんそう》渦巻く人々の頭上を飛び越えて徳兵衛の傍らで帳面をつけていた手代の声が飛んできた。手代は大きく手を振って、秀治に蔵の方角を指さして

を振った。

「ふん、紀州さまか何だか知らねえが、こっちは甲州勝沼からのお出ましだ。それによ、ここは市場だ、早い者勝ちがあたりめえで、こっちも散々待たされたんだ。ごり押しは通じねえぜ」

秀治も負けてはいない。

「なんだと、言わしておけば、おい、若いの、痛い眼に遭いてえのか」

男は喚《わめ》くなり、秀治の頰を拳骨《げんこつ》で殴った。

「うわっ！」

秀治は一間ほど飛んで地面に顔から落ちた。口から血が流れ落ちた。

「おとなしくしてりゃ」

その血を手の甲で拭《ぬぐ》った秀治は起き上がると、男に走り寄って胸倉を摑《つか》んだ。

「いいか、喧嘩《けんか》はこうやるんだ！」

男の両頰にびんたを喰らわすと、次に襟首を引き寄せるようにして、男のみぞおちに膝《ひざ》を打った。

「ぐわっ！」

今度は男が大げさに後ろに飛んで崩れ落ちた。

「喧嘩だ、喧嘩だ！」

「やれやれ、やっつけろ！」

ただでさえ興奮している市場の人間達だ。団扇《うちわ》で煽《あお》り立てるように、二人を取り巻いて盛大な声でけしかけた。

男がその声に発憤したように、狂気の目で立ち上がった。

足を広げ、両手を広げて、飛びかかる隙《すき》を窺《うかが》う男を、秀治も迎え撃とうとして身構えた。

だがその時だった。

「喧嘩はそれまでだ」

二人の間に割って入った役人がいる。

「松田《まつだ》さまだ……」

野次馬の誰かが叫んだ。

松田というのは『御肴青物御鷹餌掛《おんさかなあおものおたかえがかり》』という肩書きを持つ南町奉行所から出《で》張《ば》って来ている与力で、松田作左《さくざ》右衛門《えもん》という人だった。

日本橋の魚河岸《うおがし》やこの青物市場には、千代田のお城から台所賄《まかな》い方《かた》が仕入れにやって来るのだが、威光を笠《かさ》に無理難題を押しつけたり、悪徳商人とつるんだりして市場の秩序を乱すために、町奉行所が監督役として派遣している役人なのだ。

この掛りは南町奉行所にしかない役目で、古参の、信頼の厚い与力が任命される事になっている。作左右衛門も白髪交じりの初老の与力だった。落ち着いていて、温かみの感じられる人物だった。

両脇《わき》には、痩《や》せた若い男と中年の太った男を従えている。二人は作左右衛門が手足に使っている岡《おか》っ引《ぴき》だった。

「喧嘩はいかんな。皆譲り合うのだぞ、んっ」

作左右衛門は、拍子抜けするほど、のんびりとした口調で二人の顔を交互に見た。

「それとも、御納屋《おんなや》役所に来てもらったほうがいいかな」

両脇に連れている岡っ引とちらりと視線を交わして見せた。

御納屋役所に連れて行かれては、こっぴどく叱《しか》られた上に、仕事も滞る。

「いえ、ご心配には及びません。まもなく荷入れも終わりますので、温州さんには一服していただければ済むことでございやす」

秀治は、ちらと温州みかんの男を見て、松田に答えた。

「うむ、そういうことなら少し待ってやったらどうなんだ」

松田は、温州みかんの男に、なだめるような顔をして言い、

「蔦吉《つたきち》、お前に後を頼むぞ」

若い岡っ引一人を残して市場の喧騒の中を去って行った。


「皆さん、今年のぶどうは本日の競りが最後、どうぞごゆっくりお酒と料理をお楽しみ下さい。勝沼宿の荷問屋惣二郎《そうじろう》さんにも先日お願い致しましたが、どうぞ来年も、この山城屋にぶどうを卸して頂きますよう、よろしくお願い致します。私どもは他のぶどう産地からは絶対仕入れたりは致しません。勝沼一本です。ですから皆さんと運命は一蓮托生《いちれんたくしょう》。どうぞ、来年も美味《おい》しいぶどうを作って頂き、みなさんも儲《もう》かる、そしてこの山城屋も儲かる、そういうことです。どうぞ末永く、相身互《あいみたが》いの気持で参りましょう。では、本年の豊作をお祝いし

まして、乾杯！」

山城屋の主藤兵衛《あるじとうべえ》は、声を張り上げて乾杯の音頭を取った。

鎌倉町の小料理屋『矢花』に、秀治たち勝沼の者たちを招待して来年への約束をとりつける。山城屋の如才ない振る舞い酒だが、田舎から出て来た秀治たちには思ってもみなかった歓待だった。

なにしろ、見たこともないような旨《うま》そうな料理が膳《ぜん》に載っているのだ。あっちに箸《はし》を伸ばし、こっちを口に入れ、その合間に酒を飲みと忙しい。

だが藤兵衛は、乾杯を終えると料理には見向きもしないで、寄り合いがあるとか告げて退出して行った。

ぶどうの仕入れに直接携わっている番頭の徳兵衛と手代の初之助《はつのすけ》は残り、頭を低くしてぶどう農家の者たちに酌をして廻った。

「いや、それにしても、ひやひや致しました。秀治さん、あの男は神田市場の嫌われ者です」

秀治の前にやって来た初之助は酌をしながらそう言った。

初之助の説明によれば、名は万次郎《まんじろう》とかいうそうだが、紀州から温州みかんが荷揚げして運ばれて来ると、ああやって御三家の威光をひけらかして市場の者を困らせているのだという。

「温州みかんは紀州の特産品で、奴《やつ》は藩邸から一札貰ってこの市場でみかんを競りに掛けてるんです。あんな奴の相手は金輪際しないほうがいい。とばっちりを喰らうのは、こっちなんですからね」

初之助は顔をしかめた。注意とも愚痴ともとれる言葉だった。

「万次郎という男、そうやってまわりが気を遣うから、余計にいい気になるんじゃありやせんか」

「そうなんですが、皆、奴と言い争うより、早く手前の品を競りに掛けて帰りたい一心ですから、触らぬ神に祟《たた》りなしって気持になりましてね」

「松田さまとか言ったな、あのお侍さんに訴えるって手だってあるんじゃねえんですか」

秀治は訊《き》いた。思い出しても万次郎の言動は許せない。

「松田さまはお忙しい方だ。今日はたまたま見廻りにいらしたが、滅多にお目に掛かれるお人ではありません」

手代の初之助は言い、まあ、何事もなくてよかった、などと秀治に酒を勧めて、左隣の席で魚をせせっている松之助の膳の前に膝を移した。

「秀治よ」

右隣の叔父の茂兵衛が、秀治の袖《そで》を引いた。

「いいか、言っておくぞ。お前は喧嘩っ早くていけねえ。けっして誰にも手を出しちゃいかんてあれほど言い聞かせただに」

「分かってるよ、叔父さん」

「それならいいが、母ちゃんを捜すにあたっては、こんな嫌な思いをすることだって度々ある筈《はず》だに……そんな時に、その度に腹を立ててたら、母親捜しどころではねえぞ」

茂兵衛は細い目で秀治を見詰めた。

「叔父さん、安心してくりょう。俺も来月には所帯を持って、これから一人前の男になるだに、しっかりやっていかなきゃならねえんだ」

「そうだ、父ちゃんと母ちゃんが血の涙を流して手に入れたぶどう畑を、お前の手でいっそう大きくしにゃならん。あの世で、おとうも見てるぞ」

「はい、必ず……」

秀治は膝を正して神妙な顔で頷《うなず》いた。

宴たけなわの賑《にぎ》やかな仲間の声が、秀治の耳から遠ざかる。

秀治には、ぶどうを問屋に納めるという本分とは別に、どうしても果たしたい別の用事があった。それをまた思い出したのだった。

秀治は甲州勝沼の宿で生まれた。

父親は与兵衛《よへえ》と言い、母はおかじと言った。

甲州は勝沼に限らず米が採れない。雑穀を作ったり、蚕《かいこ》を飼って絹を織ったり、また楮《こうぞ》や三叉《みつまた》を栽培して紙を漉《す》いたりと、米の採れないどこの国の山村でもやっているような生業《なりわい》で暮らしていた。

だが近年は、柿や桃やぶどうなど水菓子は江戸に持って行けば高値で買い取ってくれる。そこで勝沼では、ぶどうの畑を持つことが盛んに行われていた。

近頃では勝沼の地は、見渡す限りのぶどう畑になっていて、ぶどうの畑を持つ者と持たざる者との貧富の差は著しくなっている。

秀治の父与兵衛も、所帯を持った頃にはぶどう畑の小作人として働いていたが、自分も畑を持つ身になって、ゆくゆくは豊かに暮らしたい、そんな大きな夢を持っていたようだ。

それは女房のおかじも同じで、秀治がお腹《なか》の中にいる時から、与兵衛と一緒に畑に出て手間賃稼ぎに精を出していた。

小作人が手にする金は微々たるものだが、二人して働いて、爪《つめ》に火をともすようにして貯《た》めた金で、猫の額ばかりの荒れ地を買ったのだ。

そこを耕し、三本の苗木を植えたのは、秀治が五つの頃のことだった。

更にぶどう畑を増やして行こうと考えていた矢先、与兵衛が病に倒れてしまった。秀治が八歳になった春のことだ。

暮らしが母のおかじの肩ひとつにかかっていたある日のこと、寺子屋の帰りに秀治はぶどう畑に立ち寄った。

丁度ぶどうが小さな房に実を付け始めた頃で、ぶどう棚の下で働いている母の顔を見てから家に帰ろうと思ったのだ。

ところが、ぶどう畑に入った途端、母親の悲鳴に似た声を聞き、秀治は驚いてぶどう棚の下に走り込んだ。

だが、秀治はそこで立ちすくんだ。

母親が男に組敷かれていたからだ。しかも秀治に気付いた母親が、向こうに行けと強く手を振っている。

秀治は思わず棚の入り口まで引き返したが、母が心配でそこでじっと立ち尽くしていた。

どうしたら良いか分からなかったが、男が母親にしている事が、許される行いではない事だけは、はっきりしていた。

秀治は両手で拳《こぶし》を作って立っていたが、母と男の光景を見るのも恐ろしく、さりとて母親が心配で、そこを動くことが出来なかった。

まもなくして、緑の葉の茂る棚の下を、一人の男が駆け去って行くのがちらりと見えた。

――あいつは町の金貸しだ。

秀治は思った。

するとそこに、はだけた野良着《のらぎ》を整えながら、よろよろと母親が出て来たのだ。

「母ちゃん……」

秀治はそれだけ言った。声に怒りが籠《こ》もっているのが自分でも分かった。その怒りは、本来なら逃げていった男に向けられる筈なのに、

「秀治……」

泣きそうな顔で、秀治を抱き留めようとした母に、

「嫌だ、止《よ》してくりょ！」

秀治は険しい声で言い、母の胸を突き飛ばして家に走った。

母のおかじがいなくなったのは、翌日のことだった。

父の与兵衛は、その事について秀治に何も言わなかった。秀治も訊かなかった。

まもなく父の病は癒《い》え、黒色に実ったぶどうを収穫する頃になったが、秀治はぶどう畑に行くのを拒んだ。

毎年楽しみにしていたぶどうの味見もしたくなかった。

やがて畑に出る年頃になっても、秀治はぶどうの世話を手伝うことはしなかった。ぶどう畑なんて無くなればいいと思っていた。

父親の与兵衛は何も言わなかった。秀治がぐれた仲間とつきあうようになっても、心配そうな目を向けても咎《とが》めることはなかった。

そしてぶどう畑も最初の頃からいえば三倍ほどになった頃、父の与兵衛は老いて床についてしまったのだ。

その時だった。与兵衛は秀治を枕元《まくらもと》に呼び、遺言を残した。

「母ちゃんの事はな、このおとうのせいでもあるんだ。あの頃おとうは病に臥《ふ》せって金も無かったろ。ぶどう畑を買った時の借金も残ってたんだ。母ちゃんは一人で頑張ってた。おとうの病も医者に診せたい、ぶどう畑も守りたいと、一人で働いてくれてたんだ。だけども女一人働いて借りた銭が返せる筈はねえ。それで母ちゃんは、大黒屋の爺《じい》さんのいうなりになっただべ。その爺さんも死んだ。そしてうちの畑も、あの時から比べれば三倍になった。みな母ちゃんのお陰だべ。だからぶどう畑をなんとしても守ってほしいんだ。そしてこの先、いつか、母ちゃんの居所が分かった時には、お前、母ちゃんに会って、お礼を言ってくれねえか。頼むぞ、秀治……」

与兵衛は淡々と話してこの世を去ったが、秀治はそれ以来、心の奥深く押し込めていた母の姿を夢に見るようになった。

むろん、父の遺言通り、ぶどう畑に出るようになった。

自分が精魂込めたぶどうが実り、その房を手にとって味をみた時、甘酸《あまず》っぱいその味が母の味のような気がして、秀治はぶどうを口に含んだまま泣いた。

——母ちゃん……。

棚の下を吹き抜ける秋の風が、ぶどうの葉を鳴らし、秀治の頭を撫《な》で、背中を撫でてくれた事を忘れはしない。

秀治はそれから、がむしゃらに働いた。

ようやく自分でも一人前にぶどう農家の仲間入りが出来たと一息ついた今年の春のことだった。

毎年ぶどうを江戸に運ぶ荷問屋の佐多蔵《さたぞう》という人が、大川を渡す渡し船でおかじさんらしい人を見た、と秀治に耳打ちしてくれたのだ。

佐多蔵は浅草の大川沿い、浅草御蔵の南側、松平伊賀守《まつだいらいがのかみ》の屋敷近くから渡し船に乗ったという。その渡し船は、富士見の渡しというらしいが、船の中は混んでいて、座った場所も離れていたために話しかけることは出来なかった。が、佐多蔵はおかじに間違いないと思ったらしい。

「足が悪かったようだ。杖《つえ》をついていた」

佐多蔵は気の毒そうな顔で言ったが、秀治はつとめて平然として聞き流すふりをした。動揺するのを知られたくなかったからだ。

だが、この夏になって嫁をもらうことが身近に迫ってみると、無性に母に会いたくなったのだ。

そこで叔父の茂兵衛に頼んで、今年のぶどうの最後の荷送りに入れて貰ったのである。

「ぞんぶんに飲んで下さいよ」

山城屋の番頭徳兵衛の弾んだ声が聞こえたが、秀治は酒を飲む気にも酔う気にもならなかった。

二

「いってらっしゃいませ」

宿の女将《おかみ》に送られて、秀治は馬喰町《ばくろちよう》を出た。

叔父の茂兵衛は、あの宴会の翌日に甲州に引き返したし、若い連中は二晩ほど山城屋で厄介になり江戸見物をしてから帰省した。

秀治は、山城屋には叔父と一緒に一泊したが、翌日には馬喰町にある『天野《あまの》屋《や》』に宿を移した。

天野屋は甲斐《かい》出身の者が始めた宿で、勝沼の者が長逗留《ながとうりゅう》をする時には利用する宿だ。安宿だが気が置けなくて親しみやすく、長逗留には便利な宿だった。

母親のおかじ捜しは、一日や二日で終わるとは思えない、じっくり捜すしかない、と秀治は覚悟を決めていた。

――随分風が冷たくなったものだ……。

ふと田舎の勝沼に吹く肌寒い風を思い出して、秀治は襟をかき合わせた。

今日は少し違ったやり方で捜してみるかと、柳橋を渡り、大川に沿う河岸地を歩きながら、秀治は考えていた。

この数日、秀治は船着き場でじっと見張っていたのだが、母親は必ずしも毎日渡し船に乗っているのではないかもしれない、そう思うようになっていたのだ。

佐多蔵の話だけでは、母親がこの近辺に住み、日常的にこの渡しを利用していたのか、それとも滅多にない乗船だったのかははっきりしない。

それに、母の住まいも大川の手前西側にあると思い込んでいるのだが、対岸で暮らしているのかもしれないのだ。

そう思うと、見渡せばどこもかしこも家並みの続くこの江戸の町で、母を捜し出すなどということは、広い浜辺の砂の中から米一粒を捜すに等しいのではないかと、ふっと弱気にもなる。

だが秀治は、気持を奮い立たせて、今日も富士見の渡し場に立った。

船は手前の岸に二艘《そう》、向こう岸に客を乗せて待機しているのが二艘、そして、大川を航行しているのが二艘、全部で六艘の船が見える。御厨《みくりや》の渡しと両国橋との丁度中間点にこの渡しはあるのだが、結構な数の利用客である。

「親父《おやじ》さん、ちょいと訊きたいことがあるんだが……」

秀治は、船に乗り込む客から船賃を取っている初老の船頭に声を掛けた。船賃を客から貰ったり、乗り降りに手を貸したりするのは、手が空いている船頭の仕事のようだ。

「なんだい、おめえさんは、もう十日ほどずっとこの船着き場で見張っていたな」

船頭は船賃を入れた小袋をじゃらじゃら言わせて、秀治の顔を今更ながらじっと見た。

「へい、人捜しをしておりやして」

秀治は手短に甲州からやって来た事を話し、人づてに聞いた足の不自由な初老の女を捜しているが、見たことはないかと訊いた。

「杖をついた、初老の女だって」

「へい、ここの渡しで見たという者がございやして」

真剣な目を向ける。

「あの婆《ばあ》さんのことかな」

船頭は、目の玉を上に向けて、ほんの一瞬考えていたが、そう言った。

「ご、ご存じでございますか」

「近頃姿は見えねえが、いっときは向こう岸から二日に一度渡って来ていたな」

「名前はご存じで」

手応《てごた》えに心躍らせて畳み込むように訊く。

「いや、知らねえ」

しかしあっさりとそう言われた。言葉を交わしたこともないという。

一瞬にして気持が沈んだ。だが、

「そうだ、あそこに行って訊けばいい。瓦町に鍼灸《しんきゅう》の看板を上げた有名な雲海《うんかい》先生というお人がいるが、そこに通っていたんじゃないかと思うんだがな」

「瓦町の雲海先生」

秀治の胸は高鳴った。初めて手にした手がかりらしい手がかりだった。

「立ちいったことを聞くが、おめえさんの捜しているのは、おっかさんかい……」

秀治は一瞬ためらった。だが頷くと、

「やっぱりそうだったのかい。ずっとおめえさんの様子を見ていて、きっと大切な人を捜しているんだなと見ていたんだ。敵《かたき》を追ってる目つきではねえもの、おめえは自分じゃあ気付いていねえだろうが、切ねえ目をしてよ、俺も気になってたんだ」

「親父さん……」

「恥ずかしがることはねえ、感心してんだ。世の中捨てたもんじゃねえなって」

親父は感心して、秀治の捜している人を今度見かけたら、宿まで知らせてやると約束してくれた。

秀治はすぐに瓦町に走った。

雲海という人は、瓦町の煙草屋《たばこや》の離れに間借りしている鍼灸師だった。

秀治がおとないを入れた時、七十近い女の人が礼を述べて帰って行くところだった。

「お若いの、おまえさんが治療なのかね」

雲海は女を見送ると、土間に立っていた秀治に訊いた。

作務衣《さむえ》のような服を着ているが、頭はつんつるてんのはげ頭である。年齢ははっきりした事は分からないが、六十は過ぎていると見た。

鼻の右袋のところに、大きなほくろがあった。

あまりによく目立つほくろだったが、そのほくろを見て、秀治は母のおかじの首の後ろにも、ほくろがあったのを思い出した。

母の背中に廻り、おんぶするように両肩に手を置いた時、うなじの右側に確かあったと——。

「いえ、少しお聞きしたいことがございまして」

秀治はぺこりと頭を下げると、足の具合の悪い六十近い女の人がここに治療に通っていなかったかと訊ねた。

すると、

「おかじさんの事かな」

なんと雲海は、秀治の母の名をあげたのだ。

「おかじ……おかじというんですか、そのお人は」

「そうだが、もう来ていないな」

おかじに用なのか、というような視線を雲海は送ってきた。

「人違いかもしれねえが、そのおかじさんは、俺が捜しているおかじさんかもしれねえ。会いたいんだが所は聞いておりやすか」

「所ですか……おまえさん、おかじさんの何なんですか」

怪訝《けげん》な顔色になった。

「いや、俺は怪しいものじゃねえ。そのおかじという人が人違いじゃなかったら、音信が絶えて捜している叔母かもしれねえんです。人づてに富士見の渡しで見たと聞きやして、甲斐の勝沼からやって来たんです」

「ほう……甲斐からわざわざ……」

じろりと秀治の体を見回す。

「へい」

雲海はじっと秀治の顔を見ていたが、

「おかじさんは、横網町《よこあみちょう》にある八百屋《やおや》のご隠居だ」

と言った。

「八百屋でございますね」

「そうだ、『益子屋』と言ったかな」

「助かりました。ありがとうございやす」

頭を下げて、出て行こうと背を向けた秀治に、雲海は言った。

「甥《おい》っ子の顔をみれば元気も出るだろう」

「ご隠居さんなら、お出かけでございますが」

八百屋の表で野菜を並べていた手代は怪訝な顔で言った。

「どちらへ？」

腰を低くして訊《たず》ねる秀治に、手代は心当たりもないのか、頼りない表情で首を横に振った。

「そうですか、行き先は分かりやせんか」

肩を落とし、引き返しかけたその時、

「もし……」

手代は呼び止めた。店の奥をちらっと覗《のぞ》いてから、秀治に近づいてきて小声で言った。

「もしや、甲州のお人でございますか」

「へい」

頷くと、ご隠居さんと知り合いかと聞く。

秀治がそうだと頷くと、

「それならまた出直して会ってあげて下さい。きっとご隠居さんは喜ぶと思います。なにしろ近頃は、朝夕富士山を見るのを楽しみにしておりまして、故郷が懐《なつ》かしいようなご様子で」

と言ったその時、

「宇野吉《うのきち》、お客さんかい」

店の奥から、鋭い声が飛んできた。

「いけねえ、おかみさんだ」

宇野吉と呼ばれた手代は落ち着きを失って、

「いえ、ご隠居さまを訪ねておいでのお人が……」

答える宇野吉には怯《おび》えが見える。

すると、荒っぽく下駄を踏む音がして、三十前後のおかみが出て来た。美しい顔立ちだが、痩せた女で額に青筋を立て、険のある顔立ちだった。

「お気楽なご身分の人ですからね、こっちが忙しくしていますのに、毎日ふらふらしていますのさ。そうだ、回向院《えこういん》にでも遊びに行ってるんじゃないかしらね。とにかく家にはいませんから」

秀治に一瞥《いちべつ》をくれ、さっさと退散願いたいといった態度である。

「どうも」

とりつく島も無いような若いおかみだった。

秀治は頭を下げて八百屋を後にした。だがその背に、おかみさんの言葉が突き刺さった。

「ああ、やだねえ。おとっつぁんが拾ってきた人を、いつまで面倒みてやらなくてはいけないのかしらね」

秀治は振り返らなかった。

まるで自分が言われているような気がした。

もしも八百屋のご隠居がおふくろなら、あの嫁に疎《うと》まれて幸せではないのかもしれない。

拾ってきた人、という言葉が、秀治自身の身を刺すように感じられた。

だが秀治は思い直した。

そこまで俺の介入するところではない。母親だったとしても、今は余所《よそ》の家の人だ。八百屋の若いおかみさんの言った言葉は忘れよう。あんな話はどこにでもある事だ。

そう言い聞かせたが、やはり胸に澱《おり》のようなものが積もるのはどうしようもなかった。

秀治は急ぎ足で回向院に向かった。

風は冷たいが空は晴れ渡っている。人の出は多く、境内には出店が連なり、大道芸人がいると思ったら、

踊りおどろう、秋の紅葉のすみだ川
ちりちり落ちて舞い落ちて　大川に浮かぶ花筏《はないかだ》

美しい娘達が美しい着物を着て踊っている。

秀治は、見物人たちの中に、もしや母親の姿がありはしないかと目を皿にして捜してみたが、母の面影のある顔は無かった。

すぐにその場を離れた。そして、色づいた紅葉の木立があるひょうたん池に

向かった。

あちらこちらに日向《ひなた》ぼっこをする老人を見たからだった。しかしそこにも、母の姿はなかった。

秀治はがっかりして、池の端にある石に腰を掛けた。

緊張と期待で、急《せ》かされるように歩き廻って捜した分、落胆も大きい。

回向院に行っているかもしれないなどと、あの嫁さんは、俺を早く追っ払いたいために、いい加減なことを言ったのかもしれない。

少し腹が立ったが、石に座って呼吸を整えているうちに、もう少し丹念に探し直してみようと思い直した。

ふと覗いた池の中には大きな鯉《こい》が泳いでいる。赤い鯉もいれば、金色に輝く鯉も見えるが、やはり黒い鯉が多い。しかしいずれも一尺、いや二尺近くありそうな鯉だった。

餌《えさ》は大変だな、ふと思ったその時、池になにやら餌らしきものが投げ入れられた。

一斉に、尾ひれをばたつかせて、餌をくれた人の方に鯉は泳ぐ。

秀治も鯉につられて、餌をやる人に顔を向けた。

「あっ……」

秀治は、声にならない声を上げた。

餌をやっているのは、杖をついた老女だった。

池の中頃に石の橋が架かっており、老女はその袂《たもと》から餌を放り投げていた。

顔は細かい部分までは定かではないが、母のおかじによく似ていた。

秀治は、胸の動悸《どうき》を抑えて老女の方に歩み寄った。

三

「もし、お尋ねいたしますが、横網町の八百屋の、おかじさんでしょうか」

秀治は老女の後ろから訊ねた。同時に老女のうなじを盗み見たが、襟をひっつめて着物を着ているために、確かめたいほくろは見えなかった。

「はい、そうですが」

老女は振り返って秀治を見た。小首を傾《かし》げ、訝《いぶか》しそうな目を向けている。目の前の男に覚えがあるような無いような、そんな表情だった。

しかし秀治は、目の前にいる初老の女は、皺《しわ》が幾重にも走って老《ふ》けてはいるが、母親のおかじに間違いないと確信した。はっきりとは覚えていないものの、ぼんやりと胸に残っていた母の面影が老女にはあったのだ。

秀治は、逸《はや》る思いを抑えて念をおした。

「甲州は勝沼にいた、おかじさんですね」

「おまえさんは……」

聞き返したおかじに、ありありと驚きと警戒の色が見えた。

「勝沼の、与兵衛の倅《せがれ》で秀治です」

じっと見る。

「秀治……」

はっとおかじの顔色が変わった。

「母ちゃん……母ちゃんずら」

思わず甲州の言葉が出た。

おかじは驚愕《きょうがく》の目を見開いて、秀治を見詰めて頷いたが、まもなくその顔には動揺が広がった。

「ひと目会いてえ、そう思って捜していたんだ」

「……」

「生きているのか、病気はしていないかと案じてな……つい先ほど、お店にも立ち寄って、それでここにいるかもしれねえって聞いて……」

もっと言いたい事は一杯あって、熱いかたまりとなり喉元《のどもと》に押し寄せているというのに、何から話せばいいのかと、秀治の頭は混乱をきたしていた。

「秀治……ごめんよ」

おかじは弱々しく言った。同時にその目に涙が盛り上がる。

「いいよ……終わったことだ」

他に言いようがなかった。

母親に突然泣かれて戸惑って、肩に手を掛けてやる事も出来ずに秀治は母の泣くのを哀《かな》しい目で見守った。

互いの手を取り合うには、あまりにも年月が経《た》ちすぎて、素直にもう一歩踏み出すことが出来ないのだ。

それは母のおかじも同じようだった。

長きにわたって蓄積されてきたであろう自分への憎しみやわだかまりを考えると、秀治の手を取りたくても取れない。母のおかじの表情には、そんな心の揺れが見えた。

おかじは、秀治が名を名乗った瞬間、あのぶどう畑で幼い秀治を抱こうとしたその時に、

「嫌だ、止してくりょ！」

母の胸を突き飛ばした幼い倅の姿が頭の中に甦ったに違いない。

その秀治が、青年となって突然目の前に現れたのだ。

おかじは言葉もなく立ちつくし、しばらく袖で目を押さえていた。

だがやがて顔を上げると、

「あそこに……」

長さ二間ほどの石橋を下りた所にある石を指した。

二人は黙って石橋を下りた。そして秀治は促されるままに石に座った。

石は三つほど並べて置いてあり、座れば池の鯉を眺められるようになっている。

おかじも、ひとつ石を間に挟んで座った。

「ずいぶん立派になって……こんなに大きくなっているなんて……」

おかじはふっと切なげな笑みをみせると、ちらと秀治の姿を見遣った。

「あれから何年経ってると思ってんだよ」

秀治は苦笑した。

「それより、足が悪いんだってな。もういいのかい」

秀治は、ちらとおかじの膝を見た。

「この歳《とし》だもの、あちこちおかしくなってあたり前さ」

「生きていてよかった……ひょっとして、もう死んじまったんじゃないかと思ったりしてたな」

「死ねるものか。いつかね、陰からこっそりでもいい、お前を見たいって、その思いで頑張って生きてきたんだもの」

おかじは池の鯉を眺めながら、そう言った。

「これでもう思い残すことはないさ」

「……」

「このさいだから……二度と会えないだろうからね……」

おかじは、家を出たあとの自分の暮らしを掻《か》い摘《つ》まんで語りはじめた。

「はじめから、あんな大きな店のおかみさんじゃなかったんだよ。この江戸に出て来た時には身よりはひとりもいないんだからね」

秀治は、鯉をじっと見ながら聞いている。

黒い大きな鯉数匹と赤の鯉が、先をきそって橋の下に泳いで行く。たった今、橋の上から五、六歳の女の子が母親と鯉に餌をやりはじめたのである。秀治たちの近くにいた鯉は、皆橋の下に移動していった。

それを見ながらおかじは話した。

「最初はね、深川の、八幡宮《はちまんぐう》さまの門前で働いていたんだけど、そこは料理も出すけど春も売るってことが分かってね」

秀治は、ぎくりとしたが、母親の顔を見ることはなかった。

「だからすぐに門前町の小料理屋に雇ってもらったんだよ」

秀治の顔にほっとしたものが浮かんで消えた。

「八百屋の亭主に見込まれたのは、その小料理屋だった。先妻を亡《な》くしてね、男の子を抱えて困ってたんだ。店の方も手が足りないとか言ってね。働き者のあたしに来て欲しいって……運良く後妻におさまったって訳なんだよ」

おかじの暮らしは、それを機に一変した。考えてもみなかった裕福な人たちの仲間入りを果たしたのだった。

「でもね……」

おかじは、まだ手に残っていた餌を池の中に放り投げると、

「それまで食べたこともない美味《おい》しいものを目の前にした時には、これを秀治に食べさせてやることは出来ないものかと……こんな美味しいものを自分だけ食べていいのかって……与兵衛さんや秀治に申し訳ないって、いつまでもそんなことばかり考えたりしてね」

おかじは寂しく笑っていた。

おかじは罪の意識にいつも苛《さいな》まれていたのである。

八百屋には跡取り息子の金之助がいて、着る物にも持ち物にも贅沢《ぜいたく》をさせてきた。

だからおかじは、街角の安売り屋の台の上にあった木綿の着物の生地を手にとって考えたものだ。

「ああ、せめてこの新品の木綿の着物を秀治に着せてやりたいものだって……」

おかじは、そこに木綿の生地を手にとって見ているような所作をした。だがその顔を曇らせて、

「でもね、考えてみれば、どれもこれも、家を捨ててきたあたしにかなう訳が無いんだよね。そんな人並みの幸せを夢見てはいけないんだと、母ちゃんは自分の心をいさめてさ」

「いいんだよ、もう……分かってるよ」

秀治はおかじの話を遮った。

「いいや、私はお前にちゃんと謝らなければいけないんだって、ずっと思って来たんだから……たったひとりの息子に、母親への怒りと憎しみを抱かせてしまったまま、死んではいけないって」

「おふくろ……」

秀治ははじめて、おふくろ、と呼んだ。

おかじの表情が動いた。

「謝ることはねえよ、おふくろ」

秀治はもう一度そう呼ぶと、俄《にわか》に母と近づいたように思った。

「おとうが亡くなる時に、俺にこう言っただ」

秀治は、いつの間にか手にもっていた千切った草を池に投げた。

「おとうは亡くなったのか……」

おかじは驚いて聞き返した。

「もう一年も前だ」

「……」

「おふくろ……おとうはな、俺が死んだあとで母ちゃんに会うことがあったらば伝えてくれって、そう言ったんだ」

秀治は一呼吸置いて言った。

「ありがとう、おめえのお陰でぶどう畑が助かったって……」

おかじの眼に、微《かす》かに光が差した。その光はみるみる広がり、やがてその目に、また涙が膨れあがってきた。

秀治は、母親の顔を見ないようにして話を継いだ。

「おふくろのお陰で、今ではぶどう畑は三倍にもなってるんだ。それで、俺はこの暮れには嫁を貰《もら》うことにした」

「そうかい……よく頑張ったもんだね、まったく……あんなに幼かったお前がねえ」

おかじは感慨深げに言った。

「ただな、おふくろ」

秀治は言いにくそうな顔をして、

「嫁になる人には、おふくろは行き方知れずってことになってるだ」

前を睨《にら》んでそう告げた。

「それでいい、そういう事にした方がいい」

おかじは、はっきりと言った。

「母ちゃんは立派になったお前に会えただけで幸せ者だ。もう何も望むことはないんだから」

「すまねえ。戻って来てくれとは言えねえんだ」

「あたしは家を捨てた女だよ……お前も馬鹿《ばか》なことをいうもんだ。あたしはお前に頼まれたって勝沼には戻らないよ。亭主は亡くなったけど、あの八百屋で暮らせば何の不自由もないんだからさ。美味しい物を食べ、芝居にうつつを抜かし、綺麗《きれい》なおべべを着てさ……義理の倅も優しいし、嫁も気を遣ってくれている。だからあたしの事は心配しないでおくれ。私の事なんぞ忘れてしまって、お前は家を盛り立てておくれ」

おかじはそう言うと、慌《あわ》てて懐《ふところ》から財布を取り出した。そして、懐紙に包んだ物を秀治の手に握らせた。

「所帯を持つお祝いだ、少ないけど貰ってくれないか」

秀治には、それは小判一枚だと感触で分かった。

「いいよ、いらないよ」

押し返した。だがおかじは、

「所帯を持てば、いろいろ欲しいものがあるもんだ。着るものだって着た切り雀《すずめ》じゃね。そうだ、お嫁さんに着物の一枚も買ってあげればいいよ。あたしの気持、ね……受け取って」

おかじの祈るような目に負けて、秀治は小判の包みを受け取った。

四

「おっと待ちな」

秀治は、回向院の表門を出たところで声を掛けられた。

「万次郎……」

振り向くや、ぎょっとして立ち止まった。なんと、あの温州みかんの万次郎が声を掛けたのだと分かったからだ。

「結構なご身分だな、江戸見物かい」

万次郎は、表門の扉に背中を凭《もた》せて秀治を待っていたようだ。背中を門扉《もんぴ》から剝《は》がすと、懐に手を入れて、薄笑いを浮かべて近づいて来た。

「見物なんかじゃねえよ。いろいろと用があってな」

「その用というのが、あのご隠居から金を巻き上げることなのか」

万次郎は、境内の方に顎《あご》をしゃくった。

「そんなことはしてねえよ」

万次郎の横をすり抜けようとした。だが、右手が万次郎の左手にがっちりと摑《つか》まれていた。

「何するんだ」

きっと見返した。すると、

「あのご隠居からかすめた金を出せ」

摑んだ手に力を入れて囁《ささや》いた。低くドスのきいた声だ。

「離せよ。かすめるなんて、お前の勘違いだ」

「見ていたんだ、言い逃れは出来ねえぜ」

万次郎はそう言うなり、秀治の腕を引き寄せると、頰に拳骨《げんこつ》をくれた。

「あっ」

秀治は、後ろに飛ばされて腰から落ちた。

その秀治に万次郎はすばやくのしかかると、秀治の懐に手を入れて、おかじから貰った小判の包みを奪い取った。

「許せねえ！」

秀治は、万次郎に飛びかかった。

叔父の茂兵衛に止められていたから控えていたものの、秀治は十八歳を過ぎるまでは、町でも村でも喧嘩《けんか》っ早いと恐れられていた。

母がいなくなってから、秀治の荒れる気持を紛らわしてくれるのは、喧嘩だったのだ。

だが好きな女が出来て、病に倒れた父親の最期《さいご》を看取《みと》ってから、秀治は変わった。叔父はあんな風に心配してくれているが、その頃を境に暴力をふるった事はなかった。だから、江戸に出てきたその日に、神田の青物市場で万次郎に喧嘩をふっかけられて殴りかえし、反省したばかりだった。

ところが、やっと再会かなった母親から受けた愛情の小判を奪われて、秀治は禁じられていた性来のものが爆発してしまったようだ。

万次郎の頬に一発喰らわすと、次には胸に飛び込んで、胸倉を摑んで足を掛けた。

どさりと万次郎が倒れたのに、秀治は覆《おお》い被《かぶ》さった。

だが、万次郎も黙ってはいなかった。急に秀治が反撃に転じたのには面喰らったようだったが、跳ね起きざま覆い被さってきた秀治の顔に唾《つば》を飛ばした。

「うっ」

唾を除《よ》けようとした秀治の腕を突き放すと、万次郎は秀治の股間《こかん》に膝《ひざ》で蹴《け》りを入れた。

「あうっ」

秀治は股間を押さえて地面にうつ伏せになった。痛みで脂汗《あぶらあせ》が滲《にじ》む。

「甘く見るんじゃねえぜ」

万次郎は、秀治を一瞥《いちべつ》すると、包みを開いた。

「や、やめろ」

秀治は股間を押さえたまま、そう言うのがやっとのことで、立ち上がることも出来ない。

「やっぱり……」

万次郎は、懐紙に包んでいた一両を取り上げて確めると、

「二度とこんな真似《まね》をするんじゃねえぞ」

侠客気取《きょうかく》りで叱《しか》りつけ、その小判を自分の懐に入れた。

「ま、待ってくれ……それだけは持っていかないでくれ。その一両だけは……やめてくれ」

痛みが走って、なめらかには話せない。それでも秀治は懸命に訴えた。

「宿に帰れば別の一両を渡してやる。だからそれは返してくれ」

「ふん、妙なことをいうもんだな」

顔を歪《ゆが》めて痛みを堪《こら》えている秀治を、万次郎は冷たく見据えた。

「た、頼む。あの隠居は、俺のおふくろなんだ。生き別れになっていたおふくろに、今日、やっと会えて……お、俺が所帯を持つと言ったら、祝いにとくれたのが、その金だ」

秀治はなおも必死に訴えていた。

一緒には暮らせないとおかじに告げ、これが今生《こんじょう》の別れだと回向院を走り出て来た秀治だったが、母から貰った一両は、秀治にとって何にも代えがたい宝物だった。

その一両を奪われる訳にはいかなかった。

「おめえ、今なんて言った……あのご隠居が、おめえのおふくろさんと言ったか？」

万次郎が身をかがめて秀治の顔をのぞき込んだ。

「そ、そうだ」

秀治は地面に体をまるめた姿のままで、まだ顔をしかめている。

「ちっ、それならそうと早く言え」

万次郎は秀治の肩を抱いて引き起こした。そして、取り上げた一両を懐からつかみ出すと、秀治の膝に置いた。

「……」

何が起こったのか、と見返した秀治に、万次郎は言った。

「あのご隠居には恩があるんだ。だから時々元気かどうか、様子を見にきてるんだ。そしたら、おめえがご隠居から金を貰っていた。勘違いをしたらしいな、すまねえ」

万次郎は頭を下げた。

「おっかさんが見つかったんですか、それはよろしゅうございましたね。それで……明日、お立ちになるんですか」

宿の女将《おかみ》は言い、

「さっ、これでもう大丈夫……」

秀治の顔の傷に軟膏《なんこう》を塗っていた手を止めると、もう一度顔の傷全体を確認し、

「でもとんだ災難でしたね」

秀治に苦笑してみせた。

「女将さん、立つのは明後日早朝七ツに致しやす。そのつもりで勘定をお願いしやす」

秀治は口の中が切れ腫《は》れた頰を押さえてみた。

「そうなさいませ。ずっと毎日おっかさんを捜していたんでしょ。ゆっくりした日は一日もなかったのですから、明日は傷を癒《い》やして、それからもう一度、おっかさんに会ってきなさい。甲州勝沼とこの江戸じゃあ、そうそう会うことも難しいでしょ。孝行は生きてるうちですよ」

女将は、ぽんと秀治の背中を叩《たた》いて部屋を出て行った。

秀治は女将の足が部屋から遠のくと、懐から懐紙に包んだ一両を出し、掌の上に載せた。

黄金色の一両小判が、鈍い光を放っている。

「ご隠居は、なけなしの金を、おめえさんに渡したんだな」

万次郎の言った言葉が、秀治の心に引っかかっている。

おかじはいつも全財産を持ち歩いているのだと万次郎は言った。なぜかというと、あの嫁は、おかじが出かけている間に、それまで貯《た》めていたおかじの金を、これは店の金だと、そっくり取り上げてしまったことがあるらしいのだ。

「その金は、益子屋に入ってから貯めた金じゃねえ。ご隠居が……嫌な話をしてすまねえが、おめえには言っておこう……貯めていた金というのは、益子屋に入る前に深川のいかがわしい店や小料理屋で貯めた金だったんだ。歳をとったら、その金で暮らそうと貯めていた金だったんだ。それを益子屋の若いおかみさんは、平気で取り上げたというのだ。益子屋の大旦那《おおだんな》が生きてたうちは、ご隠居も幸せだったが、大旦那が亡くなり、義理の倅が嫁を迎えると、もう居場所がねえ。俺はなんにも役に立ちゃあしねえけど、顔を見せに行くと喜んでくれるんだ。だから時々様子を見に行ってるって訳さ」

あの時の嫁の言葉から、大方の予想はついていたものの、そこまでと知って秀治の胸は痛んだ。

万次郎は、おかじとの因縁も話してくれた。

それは大旦那も健在だった頃の事だが、この江戸に麻疹《はしか》が流行《はや》って、いろいろな食べ物の禁忌《きんき》が流布《るふ》された折のことだった。

もっともそれは、医学に通じている人たちが唱えた話ではなかったが、いつのまにか人々に信じられて、麻疹に禁忌だとされた食べ物を売る店は大打撃を受けた。

みかんもそのひとつだった。市に出しても引き取り手がなかった。

売れなければ産地の紀州も大打撃だし、万次郎も職を解かれて路頭に迷う。困り果てていた万次郎に手をさしのべてくれたのが、益子屋のおかじだったのだ。

益子屋は野菜や果物を毎朝神田の市場に仕入れに行く。おかじも亭主にかわって仕入れに行く時もあったから、少々乱暴だが威勢のいい万次郎を良く知っていた。

売れ残りのみかん箱の前で首をうなだれて座っていた万次郎を見て、おかじは気の毒に思って声を掛けたらしい。

この時ばかりは泣き言など並べたことのない万次郎も、ついおかじに弱音を吐いたのだ。

「分かった、任せておきなさいな」

おかじはそう言うと亭主を促して相当数のみかんを買ってくれたのだ。しかも、みかんこそ食欲の無くなった体にはいいのだと大宣伝をやってくれた。

それで温州みかんは助かったし、万次郎も職を失わずに済んだのだった。

万次郎はそれ以来、おかじを恩人と思っているのだと言った。

「俺もな、親無しだ。どんな父親と母親の間に生まれたのか知るよしもねえ捨て猫のような者だ。だからかどうか、ご隠居の優しさが身に沁《し》みてな……」

万次郎は、ふっと笑ってみせたのだった。

そして最後に、

「近頃じゃあご隠居は、足を悪くしちまってな。家の離れに住んでるんだが、足がもつれて敷居にけつまずいて転んじまってよ、長いこと瓦町の鍼灸師のところに通っていたんだ。その時、通いの渡し船の中から富士山が良く見えるんだって喜んでいたもんだ。だけども少し良くなると、いつまで通うのだって嫁に嫌みを言われて、今じゃあ、ああして散歩して足を鍛えるしかねえんだ。あんな、足の不自由になったおふくろを、おめえ、よく置いて国に帰れるな」

「……」

秀治に返す言葉はなかった。万次郎は更に、

「ご隠居が俺に情をかけてくれたんだって、俺が自分の倅と同じような年格好で、放って置けなかったんだって言ったことがあったんだぜ。そんなおふくろをおめえは……」

万次郎は嫌みたっぷりの言葉を秀治に投げて帰って行ったのだった。

——確かに万次郎のいう通りだ。

本当なら、ぶどうの売り上げの中から、母親に一両でも二両でも渡してやるべきだったのだ。

それを、手土産ひとつ持っていくどころか、年老いた母親からなけなしの金を貰ってくるなんて——。

いや、それどころじゃねえや、女房にする女には母のことは話してねえから承知してくれなどと引導を渡したこの俺は、薄情な倅だと思われても仕方がない。

秀治は行き届かなかった自分の行為を、恥ずかしく思っていた。

「秀治さん、いい人が見えてますよ」

「いい人……？」

誰のことかと女将の顔を見て思ったが、階段を下りて来る足音に気付いて顔を上げると、なんと国にいる筈《はず》の許嫁《いいなずけ》のおかよだった。

「どうしたんだ、こんなところまで」

秀治は、旅姿のおかよを見て驚いた。今江戸に到着したばかりのようだ。

「茂兵衛おじさんに聞いたんです。秀治さんが江戸に残っておっかさんを捜しているんだって」

「まったく、叔父貴にも困ったもんだ。そんなたいそうな話じゃねえんだから」

　秀治は不服そうな顔のおかよに言った。

「あたしに嘘《うそ》ついてたのね」

　おかよは、手甲脚絆《てっこうきゃはん》のまま秀治の側に来て座った。旅装を解く前に、訊《き》きたいことがある、そんな勢いを感じた。

「すまねえ、叔父貴の言った通りだ。だがおふくろは見つかった。明後日には勝沼に帰るつもりだったのだ」

「おっかさんを連れて？」

「まさか、俺だけだ」

「引き取るとかいう話にはならなかったの」

「おふくろは、横網町の大きな八百屋のご隠居におさまっているんだ。勝沼なんかに帰ってはこねえよ」

　説明するのもめんどくさそうに秀治は言った。

「だったらいいんだけど、もしも、おっかさんを連れて帰ってきて一緒に住もうなんて言われたら、あたしどうしようかと考えていたのよ。自信がないもの。

うちの、おとっつぁんもおっかさんも、秀治さんがおっかさんを捜しに行ったと聞いて心配しているんだから。お前には、ぶどう畑をやって、その上お姑《しゅうとめ》さんに仕えるなんてことは無理じゃないかって……」

おかよは、両親の言葉を借りて、秀治が母親を連れ帰るのじゃないかと案じ、それに釘《くぎ》を刺すためにやって来たようだった。

「余計な心配をするんじゃねえ。俺にそんな気持はねえし、おふくろにもそこんところは伝えてあるんだ」

秀治は、そんな言い訳をする自分に腹を立てながら言い返した。

だが秀治は、翌日おかよを両国東に掛かっている芝居小屋に送ると、自分は富士見の渡し場に向かった。

おかじが、そこの渡し船に乗って富士山を眺めるのを楽しみにしていたのだと万次郎から聞いている。おふくろは、富士山を見て、田舎を思い出していたに違いないのだ。

そう思った時、自分も船に乗って大川から見える富士山を一度見てみたいものだと思った。

甲斐国に生まれた者にとって、富士山は故郷そのものだ。勝沼から見える富士は裾野《すその》まで見える訳ではなく、手前の連山の上に顔を出しているのを拝む訳だが、富士山がよく見える他の地の者にも負けない富士山への畏敬《いけい》の念はある。

巾着《きんちゃく》を出して船賃の二文をつかみ出していると、

「捜し人は見つかったかね」

秀治に声を掛けてきた船頭がいる。鍼灸師《しんきゅうし》の家を教えてくれたあの初老の男だった。

「はい、お陰様で運良く会うことが出来ました。ありがとうございました」

「そりゃあ良かった。大事にしなよ、おふくろさんを」

初老の船頭は言い、秀治が乗った船を送り出した。

乗り合う客は、武士一人とおつきの中間が一人、飴《あめ》売り、比丘尼《びくに》の姉妹、手代を連れた商人、それに秀治と、八名だった。

川風が今日はやけに肌寒く、皆船が動き出すと襟を合わせた。

互いに話すこともなく櫓《ろ》を漕《こ》ぐ音を聞いていたが、川の中程に船が進んだとき、

「おお……」

誰ともなく歓声が上がった。

秀治も思わず声を上げた。

西の彼方《かなた》に見える富士山が雪を頂いていたのである。

「初雪でございやす」

船頭が言った。

山頂にくっきりと雪を頂いた富士山は、清廉《せいれん》で神々《こうごう》しく、皆対岸の岸につくまで首をあげて拝んでいる。

――この景色が、おふくろの支えだったのかもしれない。

秀治の胸に熱い物がこみ上げて来た。

下船すると迷うことなく横網町の益子屋に向かった。

「ご隠居さんに会いたいのだが……」

店頭で野菜を並べていた手代に声を掛けると、

「昨日の方ですね。ご隠居さんは今朝厠《かわや》に行こうとして足をとられて転びまして、寝込んでいます」

　というではないか。

「怪我《けが》をしたのか」

「はい、そのようです。もともと足の具合は良くなかったですからね、それが今朝は霜《しも》が下りて、それで踏み石に乗った時に」

「それで、医者にはみせたんですか」

「いえ、痛がってはおいでですが」

　手代は困った顔をした。

「すまないが会わせてくれ」

「でも……」

「俺が医者につれて行く」

　手代とのやりとりを耳にしたのか、またあの、ぎすぎすした若いおかみが出て来て言った。

「あなたはいったい、どなたですか。昨日といい、今日といい」

「俺かい……俺はご隠居の倅だ」

「倅……そういえば、そんな話を旦那さまから聞いたような」

「会わせてもらいますよ。俺が医者に連れて行きやす」

「人の家にずかずか上がりこんで勝手なことをいうなんて、やっぱり図々《ずうずう》しいのはおっかさんと一緒のようね。宇野吉、案内してやりなさい。でも言っときますよ。勝手なことをするのなら、責任はとって頂きますからね。もう、ここに戻ってこなくて結構よ！」

喚《わめ》くように言う若いおかみの側をすり抜けて、宇野吉の後について奥に入った。

「あそこです」

手代は、庭の奥にある離れの部屋を指した。離れといえば聞こえがいいが、納屋《なや》か何かを改造したような粗末な造りだった。

「おふくろ……」

秀治が部屋を覗《のぞ》くと、海老《えび》のようになって痛みに耐えている母親の姿が目に入った。

「おふくろ！」

走り寄って抱き起こした時、母のうなじに、見覚えのあるほくろを見た。

涙が噴き出しそうになったが、秀治はぐっと堪えて言った。

「俺の背中に乗ってくれ。医者に行こう」

「しゅ、秀治、いいんだよ。そのうちおさまるから」

とぎれとぎれにおかじは言う。

「おさまるもんか、どんどん酷《ひど》くなるよ、さあ」

背中を向けて厳しく促す。

「すまないねえ」

おかじは、遠慮がちに秀治の背中に乗った。

秀治はおかじをおんぶして表に走り出た。

「外科の医者の家をしらないか」

手代に聞くと、船で渡った向こう岸にあるのだという。

秀治は船着き場に急いだ。急ぎながらおかじに話しかけた。

「おふくろ、今日の渡しは、富士の初雪が見えるぞ」

「初雪が……」

「ああ、見えるともよ」

痛みを少しでも和らげようと話しかける秀治は、母の体の軽さに驚いていた。

「おふくろ、苦労したんだな……」

秀治が言ったその時だった。

秀治の首に生暖かいものが落ちてきた。

——おふくろ、帰ろう。傷が治ったら勝沼に帰ろう。

秀治は心の中で叫んでいた。

おかよにだって、嫌とは言わせねえ。いや、順を追って話せばきっと分かってくれる筈だ。俺は信じる。

秀治はおかじを背負って、渡し場に急いだ。

海霧

一

土屋《つちや》禮治郎《れいじろう》は、筆耕《ひっこう》していた手を止めた。寒気が背中に忍び込んでくる。暦は春を迎えていても、日当たりの悪い長屋にはまだ冬は居座っているようだ。

禮治郎は、火鉢を引き寄せて手をかざした。だが、夢中で内職をしている間に炭は燃え尽き、鉄瓶《てつびん》の湯が煮えたぎる松籟《しょうらい》の音もなくなっていた。

禮治郎は綿入れの膝掛《ひざか》けを撥《は》ねのけると、台所に立って行って炭入れを持って来た。

沈滞していた部屋の空気が、わずかに動いた。だが、それがかえって部屋の空気を冷たくしたように感じられる。

火鉢を膝で挟むようにして座った禮治郎は、白い灰を掻《か》きのけると、残り火の回りに新しい炭を継いだ。

そして火が熾《おこ》るのを待ちながら、鉄瓶の湯を茶碗《ちゃわん》に入れて飲んだ。湯は少しぬるくなっていた。

――内職も、この仕事でいったん終わりにするかな。

禮治郎は湯を飲みながら、文机《ふづくえ》にある書きかけの紙をちらと見遣《みや》った。筆耕しているのは、このたびは読本《よみほん》だが、医書などの専門書や史記漢書なども引き受けている。

要するになんでも禮治郎は引き受けてきた。むろん糊口《ここう》をしのぐためである。この本湊町《ほんみなとちょう》の裏店暮《うらだな》らしも三年余り、出来上がった内職を京橋の本屋『相模屋《さがみや》』に届け、新しい筆耕の仕事を貰《もら》って帰って来る単調な日々を送っている。

ただ、一日に一度、人足寄《にんそくよ》せ場《ば》行きの船が出る本湊町の船着き場には出向く。禮治郎はこの長屋で、石川島《いしかわじま》の人足寄せ場にいる伊沢重三郎《いざわしげさぶろう》が出所して、こちらの岸に戻ってくるのを待っているのだ。

他でもない、女敵討《めがたきう》ちをするためだった。

禮治郎の妻多紀《たき》を誑《たぶら》かし、不義を働いた重三郎を追って国を出てから十三年、まもなく本懐《ほんかい》を遂げる日がやってくるのだ。この先の内職を受けるかどうかの思案は、そのことによる。

——おっ、熾きてきたな。

炭が次第に赤くなるのを確かめると、禮治郎はまた机の前に座った。

その時だった。土間の戸が開いて、冷たい風と一緒に人が入って来た。

「旦那《だんな》、放免の日が分かりやしたぜ」

やって来たのは、岡《おか》っ引《ぴき》の勝蔵《かつぞう》だった。

北町奉行所の同心、白石源之助《しらいしげんのすけ》から十手《じって》を預かる四十路《よそじ》前の男だ。三年前に伊沢重三郎を小伝馬町《こでんまちょう》に送った岡っ引だった。

勝蔵の話では、伊沢重三郎は両国で高利の金貸しをやっていたようだが、返済の揉《も》め事で客とつかみ合いの喧嘩《けんか》になり、大怪我《おおけが》を負わせたのだという。

重三郎は浪人でありながら、もぐりの高利貸しをやっていたのだ。

腰の物は脅しの道具になったらしく、厳しいとりたてで首を吊《つ》った者もいるなどという悪辣《あくらつ》な手口が判明し、町奉行所は重三郎の金を没収したあげく、人足寄せ場に送ったのだった。

禮治郎が、八代《やつしろ》藩上屋敷にいる古い友人の春田《はるた》友之助《とものすけ》から、重三郎が江戸にいるという一報を受けたのは、丁度この頃のことだった。

すぐに旅先から江戸に入ったのだが、その時には重三郎は石川島の人足寄せ場に送られたあとだったのだ。

勝蔵と知り合ったのもその頃のこと。禮治郎の事情を知った勝蔵は、以後心強い協力者となってくれている。

「それで、船は、何時《いつ》着くのだ」

禮治郎は、勝蔵が腰を据えた上がり框《かまち》まで出て行って訊《き》いた。

「三日後だそうですぜ」

「伊沢重三郎は、間違いなくその中にいるのだな」

「へい。うちの旦那が内々に聞き出してくれたんですが、放免となる者たちの中に伊沢の名があったということですから、まずは間違いねえと存じますが」

「そうか……いや、勝蔵には世話になったな。お前がいてくれたから、俺もこうしてここで腰を落ち着けて待つことが出来たのだ」

「なあに、あっしも身につまされたというか、今だから申しやすが、女房に逃げられた情けねえ口でございやしてね」

「何、まことか……」

禮治郎は驚いて勝蔵の顔を見た。

勝蔵の家は本八丁堀《ほんはっちょうぼり》にある。母親が煮売り屋をやっていて、店も繁盛《はんじょう》しているというのに、男っぷりのいい勝蔵に嫁のいないのが不思議だったが、いまの一言で、禮治郎はようやく納得がいった。

「ただ逃げたというだけじゃねえんで」

勝蔵は自嘲《じちょう》してみせた。

「店にちょくちょく来ていた男がいたんですがね。どうやらその男といい仲になっちまって、他国に逃げちまったんでさ」

「そうか……」

「最初の一年、二年は、見つけ出したら許しちゃおけねえ。二人重ねて刀で突き刺してやるって呪《のろ》っておりやしたがね。なにしろ物を食っても、寝ていても、何をしていたって女房の顔や男の顔がちらつくんですからね。そのたんびに歯ぎしりして、酒にも溺《おぼ》れましたし、女も買いやした。ですが気持は晴れねえ。ところが不思議なもんでさ。三年を過ぎたあたりからでしょうか、ふっと、あいつは元気でいるのだろうか、などと女房の身を案じているんです。仏心っていうやつでしょうか」

禮治郎は頷《うなず》きながら、痛々しい目で勝蔵を見た。急に勝蔵が身近に感じられた。

勝蔵は、大きく息をついで話を続けた。

「ただそうは言っても、いま女房や男に会ったら、やっぱりかっとなって斬《き》りつけるに違えねえ。心の底にはまだ汚泥《おでい》がうずたかくたまっているんですからね。旦那、そういう事でしたから、旦那のことを、あっしはほっとけなかったんでございやすよ」

勝蔵は苦い笑いを浮かべて言った。

——しかし俺はどうだろうか。

本湊町の船着き場から、対岸の人足寄せ場がある石川島を臨みながら、禮治郎は勝蔵の言葉を思い出していた。

禮治郎の心にも年を重ねるごとに変化はある。

それは、一刀のもとに斬り捨ててしまった妻、多紀への想《おも》いだ。

こうするしかなかったのだという自分への言い訳と、いや違う道もあったかもしれないという迷いに苛《さいな》まれながら、多紀への憐憫《れんびん》の情だけは年とともに深まっていく。だが、

——重三郎だけは、どうあっても許すことはできぬ。

やはり最後には、そこに行き着くのだ。

女敵討ちをやり遂げなければ、禮治郎はもはや国に帰ることすら出来なくなっている。

萎《な》えてしまいそうになる心を奮い立たせながら、こうして本湊町の人足寄せ場の渡し場に立つことだけが、今の禮治郎を支えているのだ。

禮治郎は掌を翳《かざ》して向こうの岸を見た。

水は青々として凪《な》ぎ、白魚漁《しらうおりよう》の船が多数もやってあるのが見えた。

この季節は江戸湾名物の白魚漁が盛んで、早朝にこの場所に立つと、四つ手網を付けた船が我先にと佃《つくだ》の島に帰って行くのが見える。

しかしそんな壮観も、敵討ちが終わればもう見ることはない。返り討ちに遭えば命を失うし、念願を果たせば国元に帰らなければならない。

禮治郎は、大きく息をすってから、今度は自分が立っている船着き場を見渡した。

船だまりに船が一艘繋《そうつな》いであるが、人影はなかった。船は御用船だった。

一度この御用船に寄せ場人足が二十人ほど乗せられて、こちらの岸にやってきたのを、禮治郎は見たことがある。

その者たちは軽微な罪の人足たちだと聞いたのだが、皆柿色《かきいろ》の水玉のお仕着せを着せられて、ぞろぞろと船を下りてきた。

これから鉄砲洲《てっぽうず》の御船手頭《おふなてがしら》の屋敷の普請《ふしん》にかり出されるのだということだった。

いずれの男も寄せ場人足特有の、すさんだ暗い目をしていた。

行き交う者は、皆人足たちを遠目に見て、足早に過ぎて行ったが、その異様な雰囲気を持つ一団の中に重三郎も暮らしているのだと思うと、禮治郎の目は、人足たちに釘付《くぎづ》けになっていた。

船着き場はこれとは別に、禮治郎が今立っている向かい側、築地川を隔てた船松町《ふなまつちょう》の北岸にもある。

こちらは寄せ場とは関係のない人たちが利用していて、佃の渡しと呼ばれている。日に何度か往復しているようだが、夜の運行はないようだ。今も五、六人の客が乗り合わせて船が出るのを待っているが、まだ船頭は岸に腰を据えているから、船が出るのはもう少し客が集まってきてからの事らしい。

禮治郎は、視線をこちらの渡し場に戻した。勝蔵の話が間違いなければ、三日後にはここに、伊沢重三郎が寄せ場から船で送られて来る。

——いよいよだ。

と思うと、禮治郎は身が引き締まった。

今日禮治郎は、ここに来る前に、筆耕の仕事を急いで片付け、相模屋に届けると、その足で築地の采女ヶ原《うねめがはら》近くにある、八代藩の上屋敷に寄って来た。女敵討ちの届けをしたのだ。そして、かつての同僚、春田友之助に伊沢重三郎が放免されるという話を伝えるつもりだったのだが、友之助は出かけていて留守だった。

待っていれば一刻《いっとき》ほどで戻る筈《はず》だという取り次ぎの言葉を貰ったが、

「いや、いい。土屋が訪ねて参ったと、それだけ伝えてくれ」

禮治郎はそう告げた。禮治郎が来たと知れば、春田友之助は事情を察する筈だったからだ。

三年前、重三郎の人足寄せ場送りを聞いた時、禮治郎は重三郎が放免されて出てくるのを待つために長屋を借りたが、その手配も友之助が手伝ってくれたのだ。

「足りないものがあれば遠慮無く言ってくれ」

友之助はそう言って帰って行ったが、それ以来友之助と会う事はなかった。なにしろ友之助は多忙の人だ。その昔は国元で、禮治郎と同じお役に励んでいた友之助だが、今や藩主が江戸と国元を往復するたびに供をし、右筆《ゆうひつ》として重きをおかれるようになっている。

一方禮治郎はというと、いまはむさ苦しい流浪《るろう》の身だ。二人の間には、もうどうあがいても埋められないほどの身分の差が出来ている。

——それもこれも……。

あの事件さえ起こらなければ……禮治郎の脳裏に、また十三年前の、苦々しい出来事が浮かんできた。

二

当時禮治郎は、春田友之助と共に、八代藩の国元で証文所掛《しょうもんじょがかり》として勤めていた。

証文所掛とは、藩のさまざまな記録を管理し、各部署から訊《たず》ねられれば、法令や制度を調べ、また賞罰や御触書《おふれがき》などの前例も調べて知らせてやるという、藩の機密に携わる大事なお役目である。

家族は、隠居した父親の孫左右衛門《まござえもん》と妻の多紀、娘の奈加《なか》、それに学問所の補佐役についたばかりの弟の淳之介《じゅんのすけ》との五人暮らしだった。

家禄《かろく》は六十石だったが、藩は三割の借り上げをしていたから、実質は四十二石、淳之介はまだほんのお手当て程度の薄給で、台所は火の車だった。

そんな折に叔父から借金の申し入れがあった。叔父は奥向きの買物方《かいものがた》で、時には自分で商店に足を運び、側室や奥の女中達の買い物をするのだが、なんとその日、側室に頼まれて取りに行った茶道具の萩焼《はぎやき》の井戸《いど》茶碗を、暴れ馬に落とされて割ってしまったというのである。

むろん中間《ちゅうげん》の供は連れていたのだが、大事な品なので叔父は自分で抱えていたらしい。

ところが、馬場の近くを通りかかった時に、柵《さく》から飛び出してきた馬が飛びかかるように向かってきたため、叔父は馬をよけようとしてひっくり返ってしまったのだ。

抱えていた茶碗の木箱は通りに転がった。運の悪いことに、暴れ馬がそこに引き返して来、茶箱を蹴散《けち》らして逃走したというのである。

茶碗の値段は五両、叔父は金を工面して、別の萩焼を求めようと考えたようだった。それが出来なければ最悪切腹も覚悟しなければならない。

だが叔父には、そんな大金はなかった。それで禮治郎に頼んできたのだが、禮治郎の家とて一文の余裕もなかった。町の金貸しから金を借りてやりくりしていたのだ。

しかし叔父の消沈を目《ま》の当たりにして、結局禮治郎は町の金貸しから五両の金を借りてやった。正直なところ、それまでに借りていた金が十三両にもなっていたから、その上に五両も借りるのは一家の将来を考えれば無謀なことだった。

「きっと半年後には返す、この通りだ」

頭を畳にすりつける叔父を信用してやるしかなかった。

だが、叔父は期日が来ても金をつくれなかった。早速禮治郎の家は、暮らしに窮するようになった。

家禄が元に戻ればなんとかなるのだが、それは夢のような話だった。下男と台所女中の食い扶持《くぶち》もあり、しかも町の金貸しから厳しく督促されるようになった禮治郎に残された手だては、藩内で金貸しをやっている武具蔵掛の伊沢重三郎に泣きつくことだった。金の融通を頼む他なかったのだ。

前々日城の庭ですれ違った時、それとなく頼んでみたのだが、その時重三郎は物わかりの良い顔をして、分かった、そうはっきり言ってくれたのが頼みの綱だった。

禮治郎は城を下がると、すぐにその足で重三郎の屋敷に向かった。

重三郎は貸した金の回収に出かけていて留守かもしれないと心配したが、その日は非番で、そちらの用事は済ませたらしく家にいた。

重三郎は武具蔵掛で五十石の身分である。

六十石の土屋家より低い家禄だが、重三郎の祖父が有能な人だったらしく、銀掛《ぎんがかり》という重要な職務に就き、特別に手当てされる俸給を相当貯《た》めていたと聞いている。

蔵の番人と呼ばれ、今は閑職に甘んじている重三郎だが、武具蔵掛は非番の日が他の部署よりも多く有る。そこで祖父から譲り受けた金もあることから、重三郎は藩士相手の金貸しを思いついたようだった。

ただ、こんな事を言う者もいた。

「自分より格上の者が金を借りに行くと、ねちねち嫌みをいうそうだ。それに耐えねば奴《やつ》から金は借りられぬ」

重三郎は鼠《ねずみ》のような顔をした男である。人相にふさわしく、常に周囲の顔色を窺《うかが》い、警戒心が強く、他人となじむことが出来ない人間に見えた。

妾《めかけ》はいるらしいが、妻を娶《めと》った話は聞かなかった。

奉公人にしたって、重三郎が手当てを渋るらしく、長くは居つかないらしい。信じられるのは金だけだ。重三郎がそんな事を言ったとか言わないとか、とにかく良い噂《うわさ》はひとつもなかった。

とはいえ、前々日の重三郎の態度からは、噂にあるような傲岸《ごうがん》で不遜《ふそん》なところは見受けられなかった。

まさか自分が世間の噂話のように侮辱を受けるなどと、禮治郎はこの時思ってもみなかったのだ。

ところが重三郎は、訪ねて行った禮治郎を、玄関から上げようともしなかった。

玄関の床の上に重三郎は突っ立ったまま、土間に立っている禮治郎を見下ろして言ったのだ。

「金かね」

薄い唇に皮肉な笑いを載せている。

「そうだ」

と禮治郎は言った。

格下の重三郎に横柄《おうへい》な態度に出られて、内心は穏やかではなかったが、ここで断られたら翌日から途方にくれる。

禮治郎は町の金貸しから、少なくとも五両の金を入れてくれなければ、この先、金の融通は一切しないし、藩庁に訴え出るのも辞さない、などと脅されていた。

禮治郎は腰を折って頼んだ。

「すまないが七両貸してもらえぬか」

「七両……」

重三郎はわざと大げさに驚いた顔を作って、鼻をふんと鳴らした後、両腰に手を当てて声を立てて笑ったのだ。

そしてにべもなく言った。

「貴公には貸せぬ」

「しかし、一昨日は……」

「ああ、あの時はな。しかしあの後で調べさせてもらったが、貴公は町の金貸しに多額の借金があるではないか。貴公に貸したら回収はできんだろうて」

小馬鹿《こばか》にした視線をくれた。

「そこをなんとか……この通りだ」

ついに禮治郎は、土間に膝をついていた。

しかし、重三郎は冷たく禮治郎を一瞥《いちべつ》しただけで、

「お帰りだぞ」

下男を大声で呼び、奥に入ってしまったのだ。

「くっ……」

禮治郎の胸に、屈辱感だけが広がった。

金の無心に行ったのだ。少々の横暴さは覚悟していたが、ああいう物言いをしなくても良いのではないか。帰る道すがら、重三郎を頼ったことを後悔していた。

金の無いのは首の無いのと同じだと人はいうが、まさに禮治郎はそんな気持だったのだ。

自宅に戻っても妻の多紀に八つ当たりした。

日が経《た》つに連れ、町の金貸しから督促されるにつけ、重三郎に対する怒りは

大きくなった。

そんなある日の事だった。

妻の多紀が、五両の金を禮治郎の前に差し出した。

実家で融通して貰ったと多紀は言った。

多紀の実家は勘定平役、五十五石で、けっして余裕があるとは思えない家だ。その家から五両もの金を融通してもらったという多紀の言葉を、この時禮治郎は疑わなかった。金の融通がついた事で、ほっとするのが先だったからだ。これでなんとかしのげる。その事で頭がいっぱいだったのである。

ところがそれから更にひと月ほどが過ぎた頃、多紀が不義を働いているという噂が立った。

その相手が、なんとあの鼠男だというのだ。

禮治郎は、せんだって持ち帰ったあの五両の出所は、ひょっとして鼠男からのものだったのかと、屈辱と怒りに震えた。

しかし、これまで貞淑そのものだった妻が、禮治郎が考えるような大胆な事をしでかすものなのかどうか、俄《にわか》には信じられなかった。

禮治郎は、多紀の実家を訪ねて、金を融通してもらった礼を述べた。ところが、そんな金は知らないと言う。

それでもまだ、禮治郎は妻を信じたかった。まさかと思いながら、実家に帰って来るという多紀の後を尾《つ》けた。

するとなんと、多紀は町外れの小料理屋に入って行ったのだ。

川の畔《ほとり》にあるそのこぢんまりとした小料理屋は、とかくいかがわしい噂のある店だった。

禮治郎の頭に血が上った。考える余裕もなく、その小料理屋に駆け込んだ。

そして、離れの部屋で重三郎に肩を抱き寄せられている多紀を見て、

「おのれ、姦婦《かんぷ》め！」

その場で一刀のもとに斬ったのだ。だが、重三郎には逃げられた。

すぐさま重三郎の家に走ったが、既に家はもぬけの殻だった。

重三郎はそのまま国を出奔したのだった。

禮治郎は弟の淳之介に後を頼み、重三郎を追って国を出た。

それが十三年前の事である。

禮治郎にとってこれまでの年月は、ただ、いたずらに、男盛りの命を蕩尽《とうじん》する日々だったといえる。


「土屋のおじさん、いる？」

三日後に重三郎が放免になると聞いたその晩のこと、禮治郎が味噌汁《みそしる》を作っているところに、おゆいが入って来た。

おゆいは手に皿を持っていた。一軒を挟んだ同じ長屋に住んでいるのだが、時々禮治郎に手作りのおかずを持ってきてくれる十八になる娘だった。

色白で口元が可愛《かわい》らしく、国元に残してきた娘の奈加と同い年ということもあり、禮治郎はおゆいを見るたびに奈加を見ているような気がしている。

敵を待つ気の塞《ふさ》ぐ暮らしの中で、おゆいの存在は禮治郎にとっては安らぎになっている。

「おっ、何か美味《おい》しいものを持ってきてくれたのか」

禮治郎は微笑《ほほえ》んで言った。

「はい、里芋のにっころがし、珍しくもないけど」

「いやいや有り難い。ちょっと待ってくれ。おまえに渡してやりたいものがあるんだ」

禮治郎は、おゆいが煮物の皿を板の間に置いたのを見ながら、慌《あわ》てて味噌汁の鍋《なべ》を竈《かまど》から上げて鍋置きに置いた。

「いつもすみません」

おゆいは、上がり框に腰を据えた。

ほっそりした体つきだが、おゆいは十六の時から本湊町のしるこ屋で働いている。おゆいの肩には、自分と祖母の暮らしがかかっていた。

その祖母が病で床に就いた時、おゆいは、

「親のいないあたしと弟を育ててくれたばあちゃんなんだから……」

そう言って孝行に励んだ。

禮治郎はそんなおゆいに心をうたれ、おゆいが働きに出ている昼間は、時々祖母の顔を覗《のぞ》いてやっていたのである。

その祖母もひと月前に亡《な》くなった。今はおゆいは一人暮らしになっている。

禮治郎のところにおゆいが手作りのおかずを持ってきてくれるようになった

のは、禮治郎がこの長屋に住み始めてすぐのことだった。

おゆいが本好きだと知った禮治郎が、本屋で古くなった読本を譲り受け、おゆいにやったことがある。おゆいはその時、まるで宝物を貰ったように喜んでくれたのだ。

それ以来禮治郎は、おゆいが喜びそうな古本が手に入ると、おかずを運んできてくれる礼に上げるのだった。おゆいが喜ぶ顔を見るのが嬉《うれ》しかったのだ。

だが、今日のおゆいは、普段とは様子が違った。

「どうしたのだ、うかぬ顔をしておるな」

禮治郎は、『女絵姿四季の恋』と題した、若い女たちの淡い恋の話四編が載っている本を、おゆいの前に置いて顔を覗いた。

「ええ、実は土屋のおじさんにお別れを言いに来たんです」

おゆいは言った。

「何……そうか、嫁入りかな」

「それならいいんだけど、私、住み込みの奉公に行くことになりました」

「ほう、住み込みというと、武家屋敷かな」

「いいえ、深川の『花菱《はなびし》』っていう料理屋です。八幡《はちまん》さまの門前町にあるそうですが、住み込みですから、もうなかなかここには帰ってこられそうもありません」

「それなら長屋は無用だな……しかしなんだな、おしるこ屋では駄目なのか」

禮治郎は給金のことを訊いたのだ。

「ええ、おしるこ屋では、ばあちゃんが借りてたお金、払えないんです。まだたくさん残ってるらしいから」

「いくらだ」

「三両ほど……」

「三両か……」

禮治郎は、すばやく自分の懐《ふところ》を勘定していた。筆耕して貯めた金が四両ほど手元にあった。

だが重三郎を討てば国元に帰らなければならない。路銀もいるし、帰国してもすぐに復職できるのかどうか分からない。その間の暮らしのことを考えれば、四両という金は、最低限必要な金だった。

「あたしは、この長屋を離れるのが嫌だったから、しばらく待って下さいって言ったんだけど、それなら、お前の弟の奉公先に行ってもいいんだ、なんて脅すんです」

おゆいは辛《つら》そうに俯《うつむ》いた。

おゆいの弟は日本橋にある呉服屋に奉公している筈だった。

だがまだ給金を貰う身分ではない。お仕着せの着物を着て、小間使いをしている小僧や丁稚《でっち》に毛の生えたような若衆《わかいしゅう》だ。

そんな弟が金を持っている筈はないのだが、借金取りはおゆいに返事を促すために嫌がらせを言ったに違いない。

借金取りが弟のいる店に押し寄せたら、弟の行く末に差し障《さわ》る。だからおゆいも諦《あきら》めて、男達の言いなりになったようだ。

「しかし随分無茶なことを言うものだな」

「ええ、その人はこう言ったんです。こちらのいう通りに奉公してくれたら、借金はすぐに消えるって……」

「ふーむ、すぐに消えるとな」

「はい」

禮治郎は腕を組んでおゆいを見た。

「よし、おゆい、どうだ……明日にでも俺がその男に会ってやろうか。少し気長に待ってくれるように頼んでやる」

禮治郎は、おゆいの話に不審を抱き始めていた。本当に花菱という店は、普通の料理屋なのかと疑問を持ったのだ。

だがおゆいは、

「もういいんです。三年辛抱すればいいんですもの。そしたらまた、この長屋に住めるんです。きっと戻ってきます。それまでおじさんも元気でいて下さいね」

「……」

禮治郎は苦笑した。自分ももうこの長屋を引き払うのだと言おうとしたが、口をつぐんだ。

弟の他には身寄りの無いおゆいが、自分のような者でも頼りにしてくれて、三年先には戻ってくるからと再会をよりどころにしてくれている。がっかりさせるような事は言えなかった。

「じゃあ」

おゆいは立ち上がると、

「土屋のおじさん、本当にお世話になりました。この本、大切にします」

胸に本を抱えて、おゆいはぺこりと頭を下げた。

「こちらこそだ。おゆい、おまえは賢くて器量もいい。きっと幸せを摑《つか》める。それまでくじけずに頑張るのだぞ」

禮治郎は慌《あわ》てて懐紙に一分金を包むと、おゆいの手に握らせた。

「何かの足しにしてくれ」

「土屋のおじさん……」

おゆいは、まっすぐ見詰めてきた。黒々とした目が光っている。

禮治郎は深く頷くと、

「遠慮は無用だ。それで、何時長屋を出るのだ」

「まだ決まっていません。家の中を片づけたり、ばあちゃんのお骨のこともありますし、弟にも事情を話して相談しなければなりません。それがきちんと終わるまで待って下さいと頼みましたから。でもばたばたしてたら、おじさんに会えないかもしれないから、それでお別れをいいにきたんです」

おゆいは禮治郎の顔を見返すと、もう一度ぺこりと頭を下げて薄闇《うすやみ》の中に出て行った。

「……」

禮治郎は、じっと遠ざかるおゆいの下駄の音を聞いていた。人気のない路地に、おゆいの元気のない下駄の音が響いていた。

三

「ああ、その店なら……」

富岡八幡宮前に広がる門前東町の角っこで、禮治郎に花菱という店はすぐそこだと教えてくれたのは、二十代半ばのかりんとう売りだった。

「大きな商人ばかりを相手にしている結構な料理屋ですがね、妙な噂もございやすぜ」

かりんとう売りは、にやりと笑った。

「どんな噂だ」

「金を積めば若い女中を抱かせるって話でさ」

「何……」

「そんな女中たちは借金のカタに売られてきた女だから嫌とはいえねえ。商売女じゃねえから、おぼこで、肌は輝くようにきれえだし、客には人気があるようですぜ……もっとも」

かりんとう売りは、禮治郎の粗末な形《なり》をじろりと眺めて、

「金がなけりゃあ、花菱に行ったって、そんな楽しい話にありつけやしねえぜ、旦那。あんなお店はおやめなさいまし」

かりんとう売りはそう言った。

おゆいの口からはそんな話は出なかった。やはりおゆいは騙《だま》されているのかもしれぬ。

禮治郎は、まもなく白木の格子戸《こうしど》の玄関を構えた花菱の前に立っていた。

玄関先では、下男と思われる中年の男が路地を掃いていた。また、前垂れに襷《たすき》姿の下女は、格子戸の桟《さん》を雑巾《ぞうきん》で丁寧に拭《ふ》いていた。

禮治郎は辺りを注意深く見渡した。他には人の気のないのを確かめてから、下男を手招いた。

小粒を握らせ、かりんとう売りから聞いた話をして聞かせ、

「そういう事はあるのか」

下男の耳元に訊いてみた。

下男は困った顔をした。返事に窮している様子だった。だが、

「案じるな、俺の知り合いの、さる大店のご隠居が、今言った話が本当なら行ってみたいと言っているのだ」

禮治郎が耳打ちすると、下男は急ににやにやして、こっくりと頷いたのだ。

――やっぱりそうか……。

禮治郎は、愕然《がくぜん》とした。

おゆいの話に危惧《きぐ》を感じていた禮治郎は、重三郎が放免される日を待つ間に、せめておゆいの奉公先がどんな店なのか見ておこうと、深川にやって来たのだ。ところがどうだ。禮治郎が案じていた通り、表通りに堂々と暖簾《のれん》を張る花菱が、裏では客を呼び込むためにいかがわしい商いをしているというのである。

おゆいがそんな女の一人として対象になっているのかどうかは分からないが、何時なん時、そういう話を持ちかけられるかしれたものじゃない。

店の内情を知った以上、おゆいに黙っていていいものかと、禮治郎は胸に憤《いきどお》りを膨らませながら、永代橋を渡った。

ふと顔を向けた遥《はる》かむこうに、人足寄せ場のある石川島が浮かんでいる。

——敵討ちさえなかったら……。

もう少し親身におゆいの相談にのってやれるのにと、禮治郎は悶々《もんもん》として長屋に戻った。

そして、おゆいの家の前に立っておゆいを呼んだ。

こうなったら懐《ふところ》にある金の中から三両を渡してやろうかと考えたのだ。国に帰るのを少しあとにすればいいのだ。

「おゆい！」——

だが返事は無かった。心配になって戸に手をかけたその時、

「あら、旦那、丁度良かった」

おゆいの隣の家に住む、おくみという女房が出て来た。

おくみの家は、禮治郎の家とおゆいの家の間に挟まれてある。

「おゆいちゃんは今さっき、しるこ屋に暇を貰いに行くとかで出かけましたよ」

おくみは言った。そして急に顔を曇らせると、

「実は旦那に、一度相談してみようかと思ってたところなんですが」

小さな声で言った。

「なんだね、おゆいのことか」

「ええ、旦那、気付いてましたか……おゆいちゃんね、近頃しくしく泣いてんですよ、毎晩……」

「そうか……」

「うちは壁一つだから良く聞こえてね、亭主も気の毒なことだな、なんて言ってるんですが……おゆいちゃん、きっと奉公に行くのが嫌なんだよ」

「うむ」

「だって、うちの亭主は大工だから、あっちこっち行くでしょ。その先々で聞いた話じゃ、花菱は評判良くないって……でね、五日前だったか、そうそ、旦

那が内職を持って出たあとだったと思うけど、おゆいちゃんのとこにやってきた男達が、まあ、人相のよくない男達で、あんな人たちについて行っていいのかなって、心配したんです、あたし」

「俺も案じて、今さっき店を見てきたところだ」

「で、どうでした……」

「おおよそお前の亭主が言っている通りだろうな」

「まあ……」

おくみは驚いて眉間《みけん》に皺《しわ》を寄せると、

「なんとかならないものかねえ、まったく……うちにお金があったらば何とかしてやれるんだけど、うちも着た切り雀のその日暮らしだからねえ。どうしようもないんだよ」

力のない声で言った。だが禮治郎が、

「おくみ、おゆいが帰ってきたら俺に声を掛けてくれ」

そういうとおくみは、

「ありがとよ、旦那。いざという時には旦那が頼りなんだからさ」

ほっとした顔を見せたが、

「そうだ忘れてた、さっきお侍さんが旦那を訪ねてきましたよ。留守だと言ったら、辺りを一回りしてくるって」

と言ってるところに、木戸から羽織袴《はおりはかま》の侍が入って来た。

「ああ、あの人ですよ旦那」

おくみが指した侍は、禮治郎を認めてひょいと手を上げた。

以前より少し小太りした春田友之助だった。


「すまんな、白湯《さゆ》しかない」

禮治郎は、鉄瓶の中の湯を茶碗《ちゃわん》に注いで友之助の膝《ひざ》前に置いた。

「しかし、よくこれまで辛抱したな、おぬしは……」

友之助は茶碗を手に、がらんとした部屋を見渡した。

もともと家財道具は無い家だが、文机《ふづくえ》の上にいつもはある紙も硯《すずり》もかたづけた後で、いっそう殺風景な部屋に見えた。

友之助は湯を飲み干してから、顔を上げて言った。

「いよいよだな」

「うむ。これを逃したら千載一遇の機会を失うことになる。重三郎を追っている間に、俺もすっかり年をとった」

禮治郎は苦笑して言った。

「もう四十三だからな。苦節十三年、今度こそ念願をかなえなければならぬ。今後のこともある。お前の人生を考えると、失敗は許されぬぞ」

「分かっている。友之助、おぬしのおかげだ。おぬしが重三郎が江戸にいると教えてくれなかったら、俺はまだ諸国を放浪していた。あてもない旅を続けたあげく、国に帰れないまま旅先でのたれ死にするかもしれなかったのだ」

「残念だったのは、奴が人足寄せ場に送られたことだな。金の亡者《もうじゃ》は、この江戸にやってきてまで金貸しをやり、結局相手に大怪我を負わせて罪人の仲間入りだ。救いようのない男だ。よもや討ち損じることもあるまいが、気をつけてかかれ」

「そのつもりだ。なにしろ相手は人足寄せ場で三年も暮らしていた男だ。齢《よわい》五十になっているとはいえ、鍛えられて腕力は俺よりあるかもしれぬ」

「いや、その逆だな。聞いた話では、あそこは暮らしが厳しくて、音を上げる者もいるらしいからな。もともと鼠男は頑健な体つきではなかった筈だ。もはや体は衰えて刃向かう力はないのじゃないか」

友之助は言った。

禮治郎は、その言葉に、どきりとした。

勝蔵から、人足達の放免の日が近いと聞いた半月前から、禮治郎はたびたび夢にうなされていた。

その夢というのはいうまでもなく、重三郎と対面した時の夢だった。

船着き場で待つ禮治郎の前に、寄せ場を放免になった人足たちが次々と船を下りてくる。

あの重三郎も、よれよれの着物を着て、白髪交じりの乱れ髪を頬に落とし、痩《や》せた体に杖《つえ》をついて下りて来た。

二人は次の瞬間、いずこかの原っぱで対峙《たいじ》していた。

まだ枯れ野の原には、立ち枯れたままの芒《すすき》が風に靡《なび》いている。芒は乾いた音をたてていた。

禮治郎は先ほどから、重三郎の老いに驚いていた。想像以上に衰えていて、瘦せこけた頰には生気がなかった。

ただ、目だけは異様に光っていた。暗くて鋭く、荒《すさ》んでいた。

間合いをとって禮治郎が腰の刀に手をやった、その時だった。

重三郎がいきなり両膝を野についた。杖をつき放し、一度禮治郎を力の無い目で見上げたのち、目をつむった。

そしてすっと、禮治郎の方に首を伸ばして俯いたのだ。

──斬《き》るなら斬れ、首をとるなら取れ──

重三郎はそう言っているようだった。

「……」

柄《つか》を握ったまま、禮治郎は動けない。

「うわっ」

禮治郎は、いつもそこで寝床から飛び起きるのだった。

首に噴き出した冷や汗を拭《ぬぐ》いながら、夢は何を禮治郎に示しているのか、思いがけない光景に悩むのである。

　──あれは、過去を悔いて首を自ら差し出したのか……それとも、あの男のことだ。油断させて俺を斬ろうという魂胆なのか。

　禮治郎は判断出来ずにいる。そんな夢に悩まされているなどと友之助に言える筈もない。

「油断はできぬと思っている。剣を合わせてみなければどうなるか分からん。それで身の回りも整理したという訳だ」

　禮治郎は、かたづけた部屋を見渡した。

「馬鹿なことを言うものだ」

　友之助は苦笑した。

「おぬしは杉山道場で剣術指南の目録を受けておる。先生にかわって後輩に稽《けい》古《こ》をつけていた程の腕前ではないか」

「昔の話だ。稽古をつけると言っても、新弟子の稽古だ」

「謙遜《けんそん》するな。それにな、重三郎が道場に通っていたという話は聞いてないぞ」

「いや、それは違うな。奴は城下の外れにある西芳寺に逗留《とうりゅう》していた志波《しば》勘兵《かんべ》衛《え》という浪人に習ったことがあるらしい」

「西芳寺……その寺というのは廃寺になっていた、あの寺だな」

「そうだ、どういう繋がりがあったのか、重三郎の親父《おやじ》さんが浪人の面倒をみていたようだ。寺には二年ほど住んでいたらしいが、重三郎はその間に稽古をつけてもらっていたようだ」

「ふむ、指南を受けたのはわずか二年だ。どれほどの腕か分かるものか」

「勝敗は時の運だ。重三郎との立ち会いは、勝っても負けても、これが最後の覚悟でのぞむつもりだ」

友之助は口を結んで頷《うなず》いた。

そしてひとつ大きく息をついてから、話しておきたい事があるのだと言った。

「紙方算用掛《かみかたさんようがかり》にいる山田源吾《やまだげんご》という者の名を聞いたことがあるか」

「いや……」

禮治郎が首を横に振り、怪訝《けげん》な顔で見返すと、

「俺の妻の友人がその男に嫁いでいるのだが、その人は昌江《まさえ》と言ってな、おぬしの妻多紀どのとも親しかったようだ」

多紀の名を聞いて、禮治郎の表情がみるみる硬くなった。

「その昌江どのに多紀どのが苦しい心の内を打ち明けていたというのだ」

禮治郎は友之助から目をそらした。

「俺の妻はつい最近、その打ち明け話を昌江どのから聞いたようだ。それを、今日はおぬしに伝えておこうと思ってな」

「……」

「おぬし、多紀殿から何も聞いてはおらぬだろう……なぜあんな事になったのか」

──友之助は何を今頃……。

聞いている筈がないじゃないか。不義の現場を実見して、いきなり斬り捨てた禮治郎だったのだ。

「いや、おぬしを責めているんじゃないぞ」

友之助は禮治郎を慰めるような口調で言った。

「俺だって同じ立場なら同じことをやった、と思っているのだ。なにしろわが藩は、不義者には厳しいお仕置きを、というのが家法《かほう》だ。ただ、そうであっても、多紀どのの本当の気持は知っておいた方がよい、お前の救いにもなるんじゃないかと思ってな」

禮治郎は、ひとつ大きく息をついた。はっきりと頷いてみせた訳ではないが、友之助の話を聞いてみる気持になっていた。

「禮治郎、多紀どのはな、おぬしが城にいる間も執拗《しつよう》に町の金貸しから借金の督促を受けていたらしいぞ」

禮治郎は小さく頷いた。想像はついた。

「しまいには藩庁に訴えれば、土屋の旦那《だんな》はお終《しま》いだ、などと脅されていたらしいのだ。それで多紀どのは追い詰められて、伊沢重三郎に頼んでみようと思ったようだ。おぬしが断られたことは知らなかったし、借りられるとも思わなかったが、じっとしてはいられなかったのだ。そしたらなんと、重三郎は承諾してくれた。ただし、それには条件がついていた」

禮治郎は黙って畳を睨《にら》んでいる。禮治郎には、その条件が何だったのか分かっている。

禮治郎の頼みを鼻先で断った重三郎が、妻の多紀の体ほしさに金を貸したということだ。今更ながら、偽善を装《よそお》った好色な鼠男のやり口には虫酸《むしず》が走る。

「だからと言って、不義をしてまで金を借りていいという事にはならぬ」

禮治郎は、怒りの交じった声で言った。

だがその一方で、禮治郎は有無も言わさずに最愛の妻を斬り捨てたことを、夫として人として、果たしてそれが正義だったのかどうか自問自答してきたのだ。

禮治郎と多紀は、互いに好き合って結婚している。

所帯を持ったあとも、多紀は以前と少しも変わらず、つつましく禮治郎についてきてくれた。

薄給に愚痴をいう事もなく、舅《しゅうと》にも良く尽くし、下男の常次と裏庭にある畑に出て、茄子《なす》やきゅうりや、ねぎ、大根を作って家計を助けてくれた。

禮治郎は、多紀が白い手を剝《む》き出しにして草をとっている姿を度々見ている。

畑の隅には切れ目無く菊を植え、秋には花を摘んで菊枕《きくまくら》をつくっていた。

新しい菊枕が出来上がった夜の夫婦の営みも忘れてはいない。

いつもは禮治郎に添い従っている多紀が、その夜には驚く程激しく燃えることがあった。

菊の香を嗅《か》ぐと、今でも禮治郎は多紀の白い頤《おとがい》を思い出してしまうのだ。

そんな妻を、感情に任せて斬った禮治郎が、後悔していない筈《はず》がない。

その後悔を打ち消すために、女敵討《めがたきう》ちを正当化して、気持を鼓舞し、引き締めてきたのである。

そうしなければ、十三年もの長い間、重三郎を追っかけられる筈がない。

「確かにおぬしのいう通り、不義は責められるべきだ。だがな、多紀どのも切羽詰まっていたのだ。昌江どのが多紀どのに聞いた話では、重三郎は一度食事を一緒にしたい、そう言ったというのだ。ところが出かけて行ってみると、そんな事ではすまなかった」

「……」

「脅されて一度が二度になり、噂が立ち始めた時、多紀どのは昌江どのに成り行きを告白したそうだ。そして、どんな成り行きであろうと、土屋を私は愛している。もはや今は、愛する土屋に成敗されるのを待っているのだと……」

禮治郎は顔を上げた。友之助はその顔に頷いた。

「多紀どのは追い詰められていたのだ。その気持は、追い詰められた者にしかわからぬ。禮治郎、俺が言いたいのは、重三郎を討ったら、もう多紀どのは許してやってほしいということだ。けっして重三郎に気を移して誘いに乗ったのではないのだ。卑怯《ひきょう》な重三郎のせいであゝなったのだ」

しばらく沈黙が続いた。やがて禮治郎は言った。

「かたじけない。いろいろと心配をかける」

「それともうひとつ……」

友之助は、禮治郎の前に油紙に包んだ文を置いた。

「おぬしの弟、土屋淳堂《じゅんどう》どのからだ。先日江戸に参った者が預かってきた」

「すまぬ」

禮治郎は、手紙を取った。手応《てごた》えを感じた。長い手紙のようだった。

禮治郎の弟淳之介は、今や淳堂の名で、国元の雄学館の教授をやっている。

「淳堂どのは、評判が良くてな、近年は淳堂どのの教えを受けた者が、次々と試験に合格してお役についている。頼もしい限りだな」友之助はそういうと、さて帰るかと言い立ち上がった。

「事が終わったら、お前と美味《うま》い酒を飲もう」
土間に下りると、友之助はそう告げて帰って行った。

四

禮治郎は弟の手紙を三度読んだ。長い手紙だった。読み返すのを中断したのは、部屋が薄暗くなったからだ。

路地に子供の声が響き、井戸端から母親たちの子供を叱《しか》る声が聞こえてくる。一日の終わりを、裏店《うらだな》の路地は、慌《あわただ》しく告げようとしていた。

禮治郎は大きくため息をついた。膝にある手紙を脇《わき》に下ろし、立ち上がって行灯《あんどん》に火を入れた。

火鉢の炭の様子も見、台所の竈にかかっている羽釜《はがま》を見た。今朝炊《た》いたご飯がまだ残っている筈だった。

味噌汁でも作るかと考えたが、体が動こうとはしなかった。

考えても仕方のない事だが、弟の手紙には、禮治郎が胸を痛める話が二つ書いてあった。

ひとつは父の死だった。

半年前に風邪をこじらせて亡くなったが、禮治郎のことを息をひきとるまで案じていたらしい。

自分の弟を助けるために、倅《せがれ》の禮治郎が借金地獄に陥ったことを、これまでに貰《もら》った数度の手紙の中でもそうだったが、父はずっと嘆いていたらしいから、晩年を少しも安穏として暮らすことはなかったと言ってもよい。

孝行のひとつもできず、看取《みと》ることも出来なかった禮治郎は、一人部屋で黙《もく》禱《とう》して父に詫《わ》びた。

ただ、弟の手紙によると、女敵討ちにまで発展した悲劇の発端が、萩焼の茶碗だった事を知った藩主の側室は、大変に悲しんで、叔父を通して、茶碗の代金として借りていた金を、町の金貸しに返済してくれたのだという。

また、土屋家の借金は、禮治郎が女敵討ちに出たことで据え置きとなっていたが、淳之介がこつこつと返済し、更には父の遺言もあり、先祖から譲り受けた蔵書や書画などを処分してこれに当て、全《すべ》て完済したとあった。

帰国しても家の借金に苦しむことはないから安心してほしい、弟の淳堂はそのように結んでいた。

そしてもう一つの話は、娘の奈加の事だった。

弟の淳堂は、奈加を自分の養女にしたいと申し出ていた。

奈加の結婚話が持ち上がっていて、このままでは両親のいない奈加が不憫《ふびん》だ、だから自分の養女として嫁がせたいというのであった。

相手は奥医師の嫡男《ちゃくなん》で、医師として将来を嘱望されている好感の持てる男で、奈加とは似合いの人物だとある。

奈加が年頃になった奈加が嫁ぐというのは何より嬉しいことなのだが、禮治郎の胸を刺したのは、奈加が禮治郎に対して抱いている拭いがたい憎しみの感情を垣《かい》間見《まみ》たからだ。

祝言《しゅうげん》には江戸に居るお前の父も呼び戻し、晴れ姿を見せてやろうと淳堂が言ったところ、奈加は、

「わたくしはもはやあの方を父とは思っておりません。私の父は叔父さまです。あの方に晴れ姿など見てほしくありません」

激しい口調で、そう言ったというのである。

しかし、それは奈加の本心ではない筈だ。ずっと育ててきて分かったことだが、奈加は憎しみの裏で兄上を強く慕っている。だからこそ、裏腹にそういう言葉を発したのだ。奈加の祝言が決まったら必ず知らせるから、帰国できるようならしてほしい。

弟の淳堂は、そう書いてあった。

兄の禮治郎に国元と一家のありのままを知らせ、奈加の父への本心を忖度《そんたく》し、その上で、恐れずに父と娘の再会をするようにと促していた。

禮治郎は、しばらく呆然《ぼうぜん》としていた。

自分は、国に置いてきた奈加を思い出さない日はなかった。どんな所に居ても、奈加が自分を拒絶するようになるなどという事は、考えもしなかった。

禮治郎の頭の中の奈加は、国元を出る時の奈加のままだったのだ。

あの時奈加は、禮治郎の腰にしがみついて泣いた。

「いやいや、奈加は嫌です。父上、奈加を置いて行かないで……」

柔らかい奈加の肩を抱き、禮治郎はあの時泣いた。

「一年したら帰ってくる。きっと帰って来るから、叔父さまのいう事を聞くんだぞ」

　そう言い聞かせて別れたのだ。

　それが、物心つき、長じるにつれ、奈加は母親を無残に成敗し、自分を不幸な境遇に置いた禮治郎を恨むようになっていったに違いない。

　その事は、禮治郎が手紙を送っても、何時《いつ》の頃からか返事をよこさなくなったことからも分かる。

「母を斬った父を、奈加は恨んでいるのかもしれぬ。しかし会えば気持は通じる筈だ。血を分けた親子だからな」

　いつか淳堂は、そんな手紙を寄越してくれた事がある。

　だが奈加は、ますます禮治郎への反発を強めているようで、禮治郎は愕然とした。

　敵を討てば帰れる。帰って奈加に会えると、それだけを日ごと胸に繰り返し言い聞かせてきた禮治郎だった。

　だが、こうなると何のための重三郎追跡だったのかと思う。

　妻を失い、職を失い、そして娘まで失っては、女敵討ちの後に残された余生とは、どんな意味を持つのだろうか。

淳堂は手紙の中で、奈加の言葉は、裏返せば激しく父を慕っているという証拠ではないか。女敵討ちを果たして帰国すれば、また状況も変わってくる。父親に会えば奈加の心も解けていく筈だ。

そう強調して、いろいろ記したがあまり気にせぬように、と結んであった。

「……」

禮治郎は、手紙を巻き戻した。

女敵討ちを達成したとしても、奈加に再会する日のことを思うと怖かった。奈加はどんな顔をするだろうか。そしてこの俺は、どのような顔でそれに応じれば良いというのか。

禮治郎は、それまで胸の隅に押し込めてきた怖さに、初めて向き合ったような気がした。

——しかし。

帰参して、再び家を立てることが、女敵討ちの目的だ。そうでなければ、十三年も重三郎を追ってはいない。

この十三年は、禮治郎にとっても、人生で一番大切な十三年だったかもしれないのだ。いわば全てを女敵討ちにかけたこの十三年を否定することは、自分を否定するようなものなのだ。

——しっかりしろ、禮治郎。

自分で自分を叱《しか》りつけて、禮治郎は台所に立った。

だがその時だった。

「だ、旦那、来て下さいな」

顔を青くしたおくみが、慌てて土間に入って来た。

「どうしたのだ……」

「たいへん、おゆいちゃんところに男達が来て、これから店に連れてくって」

「何、まだ先の話じゃなかったのか」

「そうなんだよ。まだ、おゆいちゃんは、ばあちゃんのお墓のことも、弟さんと話しあうのも、これからだっていうのにさ」

禮治郎は、家を飛び出していた。

「おゆい、どうしたのだ」

禮治郎は、男二人に挟まれるようにして表に出て来たおゆいに声を掛けた。

「おじさん……」

おゆいは、心細そうな顔で立ち止まった。

「何をしてる。行くんだ」

男の一人が、恐ろしい目つきでおゆいを促し、じろりと禮治郎に視線を投げた。

「待て、少し聞きたいことがある」

「旦那はおゆいとどんな関係で？」

「見た通り同じ長屋に住む者だ」

ちらと自分の家を顎《あご》で指す。

「何の話かしらねえが、こっちは急いでいるんだ。お客さんが待っていやしてね」

「ほう、妙なことを言うものだ。この子はまだ、花菱に勤めている訳ではない。お客さんが待ってるとは、どういう意味だね」

きっと見据える。

男はちっと舌打ちして、もう一人の男と目を合わせて笑った。

「おめえさんに説明する筋合いではねえやな。行くぞ」

おゆいの腕を取ろうとした刹那《せつな》、

「待て」

禮治郎は男の腕を摑んでいた。

「いてて、何、しやがる」

「どうもせん。俺がおゆいから話を聞いているのは、借金の返済が滞っているのは三両ほどだと聞いているが、違うか……」

「旦那、それは元金の話でね、利子を入れると五両二分だぜ」

「五両二分、ずいぶんな利子ではないか」

「返済が滞っていたんですぜ、利子はその間も増えてるんだ」

「どうだ、三両で手を打たんか」

「冗談はおやめ下さいやし。こちとら、花菱さんとは話がついてるんだ。おゆいを連れていきゃあ、おゆいが抱えている借金は耳を揃《そろ》えて、即刻払って貰えることになってんだ」

　すると、もう一人の男も言った。

「そうともよ、それをなんで三両で手を打たなきゃならねえんだ……まっ、旦那が五両二分払ってくれるというのなら話は別だ」

　むさ苦しい浪人には払えまいという侮蔑《ぶべつ》の目で、男達はにやにや笑った。

「法外な利子を取り、払えないと分かったら女衒《ぜげん》の真似《まね》をするのか……」

　禮治郎は二人を睨んだ。

「言っておくが、俺は花菱がどんな商いをやっているのか知っている。お前たちのやっている事も、町方に知れたら、まず命は助かるまい。それでもいいのか」

「な、なんだよ、いきなり」

　男は、たじろいで禮治郎を見た。

「三両で手を打つか、それとも、小伝馬町行きを選ぶのか、二つに一つだ」

「旦那、無茶言わねえでくれやせんか。あっしたちは使いなんだ、勝手に三両で手を打ってみな、腕一本足一本へし折られる」

「こっちだってお前達の腕一本足一本折るのはたやすいことだ。それが嫌ならお前達の親方に伝えるんだ、おゆいと同じ長屋に住んでいる浪人がこう言ったとな」

「ちっ、出直しだ。ですが旦那、今度来た時には五両二分、耳を揃えて返してもらいますぜ」

「三両ならいつでも参れ。そうだ、こうも伝えてくれぬか。借金は亡《な》くなった婆《ばあ》さんのものだった筈、おゆいが借りた訳ではないんだとな」

二人は忌々《いまいま》しげに鼻を鳴らすと、裾《すそ》をまくり上げて帰って行った。

木戸から二人の姿が消えた時、おゆいがふらついて戸にしがみついた。

「おゆいちゃん！」

おくみが駆け寄った。

「大丈夫です、ちょっとめまいが……」

「可哀想《かわいそう》に、恐ろしかったんだよね。でももう大丈夫、さっ」

おくみはおゆいの腕に自分の肩を差し入れると、おゆいを家の中に入れた。

おゆいを座敷の上に座らせると、おくみは急いで行灯に火を入れ、盆の上にある湯飲み茶碗に鉄瓶の湯を入れて、おゆいの手に持たせた。

「さあ、お飲みよ、少しは落ち着くから」

おゆいは、すみませんと言って茶碗を口に運んだ。だがその頰に大粒の涙がこぼれ落ちる。

「ご迷惑をおかけしてすみません」

おゆいは言葉を詰まらせた。

「おゆいちゃん、大丈夫だよ、旦那がついてるもの、奴《やつ》らも無茶は出来ないよ」

禮治郎は胸が痛かった。明日は女敵討ちを決行する身だ。

「おゆい……」

財布を出して、三両をおゆいの前に置いた。

「使ってくれ。奴らもそうそう無茶は言えない筈だ。大家にも力になってくれるよう、今夜のうちに俺が頼んでおく」

「ありがとうございます。でもこれは……」

おゆいは、膝前の三両を、禮治郎の方に押し返した。

「これ頂いたら、土屋のおじさん、無一文になるんでしょ。それに、あたし大家さんから聞きました。土屋のおじさんもこの長屋、出て行くんだって……お国に帰るんでしょ、おじさん……路銀のためにとっておいたお金、あたし、頂けません」

おくみが驚いて禮治郎を見た。

「ほんとですか、旦那……この長屋を出ていくんですか」

「すまぬ、いろいろと事情があってな」

禮治郎は困った。

「だって旦那がいなくなったら、おゆいちゃんはどうなるんですか」

「……」

「旦那、事情ってなんですか」

おくみは強い口調で言った。

「……」

「旦那！」

するとおゆいが言った。

「敵討ちをするんですね、そうですね」

「おゆい……」

「一度おじさんはおっしゃいました。人を待ってこの長屋にいるんだって……その待つ人は敵なんだって」

「まあ……」

驚いたのはおくみだった。

「土屋のおじさん、私はもう大丈夫です。それよりきっと、念願を果たして下さいね」

「おゆい……」

禮治郎は、おゆいの手をとり、その掌に三両を握らせた。

「俺の気持だ、受け取ってくれ」

翌早朝、禮治郎は長屋を出た。

隣のおくみの家も、おゆいも、他の長屋の者たちも、まだ起き出してはいなかった。

禮治郎は木戸まで来て後ろを振り返った。

長屋の路地には、明け始める頃に漂う白い霧が、うっすらと掛かっていた。

三年の月日を過ごしてきた長屋である。去るとなると感慨もひとしおだった。

おくみの向かい側の家の戸が開いた。

禮治郎はそれを潮《しお》に、木戸を後にした。

寄せ場送りの船着き場までは一足だ。ゆっくりと向かった。

勝蔵の話では、放免された者たちが、船で送られて来るのは五ツから四ツの間だろうということだった。

「とはいえ、その時の天候や波の都合で刻限も変わることがあるようですから、朝早くから詰めていたほうがいいでしょう」

勝蔵はそう言葉を付け足した。

案の定、禮治郎が船着き場に立った時、海には白い霧が立ちこめていた。

この時刻ならまだ白魚漁をする船の姿が見える筈だが、海の上には雲がかかっているようで、帆影さえ見えない。

いつもならこの場所から、石川島の森もくっきりと見えるのだが、今日は島も姿を消したようだ。

霧はつい先頃出始めたばかりのようで、ゆっくりと動く白いものが海上に幾重にも重なって広がって行く。

「海霧だ、今日は駄目だな」

人の声がして振り向くと、町人の男が二人、佃の渡しの方に橋を渡って行った。

その佃の渡しさえ、目と鼻の先にあるのに白く覆《おお》われている。

――おやっ。

男二人が霧の中に消えるのを見ていた禮治郎は、その霧の中から妙齢の女が現れたのに気付いた。

女は大きな風呂敷《ふろしき》包みを抱えていた。橋の上からこちらを見たようだが、ゆっくり橋を渡ってくると、禮治郎とは少し離れて立った。遠く海を見詰めているところを見ると、女も寄せ場に送られた人足を待っているのかもしれない。

――しかしこの分では……。

禮治郎はため息をついた。

やがて役人や小者がやって来たが、あきらめ顔で海を眺めている。

寄せ場に送られた者の家族と思われる人たちも集まって来たが、やはり深い霧を見て、あきらめ顔で立ち尽くした。

「旦那……」

勝蔵が走って来た。

「やっぱりこれじゃあ、今日は無理かもしれねえって言ってますぜ」

そう言って勝蔵は、後ろにいる奉行所の役人をちらと見た。

「うむ」

禮治郎は大きく息をついた。気持を引き締めてここに来ている。重三郎を討つまでは、気を緩めることは出来ない。

「四ツまで待てば、今日なのか日を改めるのか分かると思いますが」

「そうか、待つしかあるまい」

「でしたら、橋の袂《たもと》に待合の水茶屋がありますぜ」

振り返ると、船着き場にいた者たちが、水茶屋の方に移動していくのが見えた。

禮治郎も水茶屋に向かった。

「あっしは一つ用事をすませてきやす。また参りやすので」

勝蔵は禮治郎に断ってから離れて行った。

「茶をひとつくれ」

禮治郎は、四肢肉で着物が張り裂けそうな女に茶を注文すると、海の良く見える腰掛けに座った。長いすは三つ置いてあったが、禮治郎の座った椅子《いす》が海を良く見渡せた。

海は一層深い霧に閉ざされたようだった。まるで天上の世界かと思われるような幻想的なながめだが、見方を変えれば、そこには人の力の及ばない、底知れない畏怖《いふ》を感じた。

「あの霧の中に入っていったら、どこか別の世界に連れていかれそうですね」

女の声がした。

振り向くと、あの女が禮治郎が腰掛けている長いすの一方に座ったところだった。四半刻《しはんとき》前に佃の渡しの方から橋を渡って来た、あの女だった。膝には大きな風呂敷包みを置いている。

女は海霧を見詰めたまま言った。

「この霧、むこうの島から見ると、こちらの陸が遥《はる》か遠くに思えるでしょうね」

女の声音には、寄せ場にいる人足たちに寄り添うような労《いたわ》りが見えた。

「放免の船を待っているのか」

禮治郎が訊《き》いた。

女は頷いた。そして、

「旦那も、誰かをお待ちですか」

白い顔を向けてきた。

禮治郎は、はっとした。女の瞳《ひとみ》が亡き妻に良く似ているように思ったからだ。

「知り合いを待っている。そなたもか」

「はい、私たちを救ってくれた恩人をお迎えにきたのです」

女は言い、海を見詰めてため息をついた。

「今日は駄目かもしれませんね」

「そうだな」

禮治郎も海を見ながら相槌《あいづち》を打つ。

「一日も早くってずっと思ってきたのに……病が重くならないか心配で……」

女は呟《つぶや》くように言い、膝の上の風呂敷包みに手を添えた。そして、「体を冷やしちゃいけないと思ってさ、薄綿を入れた上着を持ってきたんだけど」

女は、渡し船に乗って戻って来る人への気遣いをみせた。

禮治郎は感心して女の顔を見た。

女は横顔を見せたまま言った。

「島の小役人が一度私を訪ねてきましてね、伊沢の旦那は赦免《しゃめん》になって戻ってくるが、もう長くはねえ、なんて言ったんですよ。やっと島を出てこられるというのに、神も仏もないものかと……」

女は言葉を詰まらせた。

禮治郎は、驚愕《きょうがく》して女の顔を見た。

女は、待っている男を伊沢と言ったのだ。町人じゃなく侍を待っているのだ。しかも伊沢と言えば、ひょっとして重三郎のことかもしれぬ。

「伊沢と言ったな、名はなんと申されるのかな」

禮治郎は平静を装って訊いた。

「重三郎さま……私たちはみんな、重さん、重さんって呼んでましたけど」

禮治郎は驚いて霧の彼方《かなた》に目を泳がせた。自分の動揺を女に知られたくない気持が働いていた。

気持を静めるために、水茶屋の女が持ってきてくれた茶を飲んだ。女も茶を飲んでいるのが気配で分かった。

禮治郎も女も、茶を飲みながら深い霧を見詰めていた。

やがて女は、物語の続きでも語るように、話を始めた。

「そういえば、伊沢さまが私たちの住む長屋にやって来たのは七年前、江戸中に濃い霧がたちこめた日だったんですよ」

伊沢重三郎はその日から、女の隣の家に住むことになった。

まもなくのことである。老朽化した長屋は取り壊し、別の建物を建てることになった。住人は出て行くようにと、大家の口から伝えられた。

住民達は反対の声を上げた。だが地主は取り合わなかった。

安い家賃だからこそ今の長屋で暮らしている。追い出されたら暮らしがなりたたない。

そう言って訴えたが、地主は文句があるなら土地を買い上げろ、などと出来もしない話で脅しを掛けてきた。

途方に暮れる住民を見て、伊沢重三郎は立ち上がった。

大家と共《とも》に地主に談判に向かった。そして、三年のうちに土地を買い上げるから、それまで待って欲しいと手付けの金十両を渡して迫ったらしい。

重三郎が差し出した十両は、いざという時のために肌身離さず持参していたものだ。

ところが地主は、期限は二年だと告げ、それ以上は待てないと厳しい態度を見せた。

長屋の者たちが、そんな大金を作れる筈がない、そう踏んでいるのは間違いなかった。

実際、地主が考えている通り金の成る木は、長屋の者にある筈がない。

いったい残金をどうするのかと長屋の者たちが案じていると、なんと重三郎は金貸しを始めたのだ。

客にするのはもっぱら小商人《こあきんど》と決め、むろん高利だったが、二年もすると順調に金を貯《た》め、残りの三十両余を伊沢は地主に払ったのである。

「伊沢さまは、長屋の者たちにとっては救いの神様……でも返済に困った商人と争いになり、もののはずみで相手に怪我《けが》を負わせたため、長屋を建て直すんだって貯めていたお金はお上に没収されて、旦那は人足寄せ場に送られてしまったんですよ」

女は悔しそうに言った。

禮治郎は初めて聞く話だった。禮治郎が江戸にやってきて、重三郎が借りていた間口二間ほどの小さな店《たな》を覗《のぞ》いた時には、店の中には何も残っていなかったのだ。

「もうお祭しだと思いますが、私も伊沢の旦那に助けられた一人です。勤めていた店とちょっといざこざがあった時に、伊沢の旦那が中に入って下さって……それ以来伊沢の旦那のお世話をしてきました」

「……」

禮治郎は女の横顔をちらと見た。昔を語る女の頬は、少し赤みがさして幸せそうに見えた。

「ほんと、伊沢の旦那は仏のようなお人なのに、なぜかお役人に連れていかれる時に、私にこんなことを言ったんです。天罰が下ったんだって」

「天罰？」

「ええ、昔酷《ひど》いことをしたって……その報いだって……」

「……」

「そんなつもりはなかったのに、その人の美しさに、つい手を出してしまって、結局その人を殺すことになって……だからいつか自分は、同じような報いを受けるだろうって……」

「……」

　禮治郎は今、知る由《よし》もなかった真実の一端が、厚い霧の中から不意に顔を見せたようで面喰らっていた。

「でも今なら覚悟は出来ている。お前と幸せな日々を過ごしたから、もう思い残すことはない。そう言ってくれたんです」

「……」

禮治郎の瞼《まぶた》に、鋭い目を光らせていた重三郎が、跪《つまず》き、次の瞬間力の無い目で見上げ、ぐいと禮治郎の方に首を突き出してきた姿が浮かんだ。

「その旦那がね。寄せ場のお医者さんの話では、もって三月だって、伊沢の旦那の命をそう言ったというんです。だから私……私ね、その間だけでも寄り添って上げたいなって思って……」

女は淡々と話しているように見えた。だが、禮治郎が盗み見たその頬には、透明な涙が伝い落ちていた。

女はそれに気付くと、白い手を伸ばしてさりげなく拭《ぬぐ》った。

その時だった。小者が走って来て、待機している者たちに言った。「四ツ頃には霧は晴れるのじゃないかということです。霧が晴れれば放免の船は渡ってきやす」

待っている人たちの間から、小さな、ほっとした声が漏れた。

海の霧は微《かす》かに動いている。風で移動しているようだ。

禮治郎は、熱心に見詰める女の横顔を見てから立ち上がった。

「お帰りになるんですか」

女が訊いた。

「うむ。出直して参る」

禮治郎は水茶屋を後にした。

ゆっくり長屋に引き返した。

――俺が今やるべきことは、余命いくばくもない男を殺すことじゃない。

おゆいに手を貸してやることだと、そう思った時、禮治郎は長年の呪縛《じゅばく》から解き放たれたような思いだった。

呪縛に囚《とら》われて失ったものは多い。今ここで、年老いて病んでいる重三郎を討ったところで、気持が晴れる筈が無い。それだけは確かだった。

――なぁに……。

国に帰るなどという思いを捨てれば、それでいいのだ。あの長屋にこそ、自分のこれからの暮らしがあるのだ。

禮治郎は、不安に震えているおゆいの顔を思い出して足を速めた。

背を向けた海は、今まさに霧が晴れていくところだった。

解　説

細　谷　正　充

天下人である豊臣秀吉の命により、関東に移封された徳川家康は、家臣を引き連れ江戸に居を構えた。これにより、単なる地方都市に過ぎなかった江戸の、本格的な発展が始まる。関ヶ原の戦いに勝利し、征夷大将軍となった家康によって江戸幕府が開かれると、都市の発展はさらに加速。日本の実質的な中心地として、世界有数の巨大都市へと成長したのである。

そんな江戸には、幾つもの特色があった。一例として、都市を縦横に走る河川が挙げられよう。人間の交通や荷物の運搬などに河川を利用した江戸の町は、ヴェネツィアに匹敵するほどの、水の都であったのだ。そんな江戸の河川の中でも、特に重要な動脈になっていたのが隅田川だ。荒川から名を変え、たくさんの支流を交えながら、江戸の町を貫き、江戸湾に注いでいた河川である。

これほどの河川であるから、当然、時代小説の舞台になることも多い。時代小説を読む人ならば、何度も隅田川の風景を、文章で堪能《たんのう》しているはずだ。特に、藤原緋沙子ファンにとっては、お馴染《なじ》みであろう。なにしろデビューから現在まで続く人気シリーズのタイトルが「隅田川御用帳」なのだから。

シナリオライターとして活躍していた作者は、二〇〇二年、文庫書き下ろし時代小説『雁の宿　隅田川御用帳』で、作家デビューを果たす。江戸深川にある駆け込み寺「慶光寺」の門前で、縁切り御用を承る宿屋「橘屋《たちばなや》」の女主人・お登勢と、彼女に見込まれた浪人の塙《はなわ》十四郎が、女と男のさまざまな問題や騒動にかかわっていく物語は、たちまち人気を集め、すぐさまシリーズ化された。その一方で、「橋廻《まわ》り同心・平七郎控」「藍染袴《あいぞめばかま》お匙帖《さじちょう》」「渡り用人　片桐弦一郎控」「切り絵図屋清七」など、多数のシリーズを抱えるようになった作者は、文庫書き下ろし時代小説の一翼を担《にな》っているのである。こうした執筆活動が高く評価され、二〇一三年には歴史時代作家クラブが主催する、第二回歴史時代作家クラブ賞のシリーズ賞を「隅田川御用帳」シリーズで受賞した。

その「隅田川御用帳」シリーズは、タイトルからも分かるように、隅田川界《かい》隈《わい》が重要な舞台となっている。デビュー作から書き続けてきた、まさに自家薬《やく》籠《ろう》中の場所なのだ。だからであろう。本書でも隅田川が、物語の重要なポイントとして設定されているのである。

『百年桜』は、二〇一三年三月に、新潮社から単行本で刊行された短篇集である。「小説新潮」に掲載された二作と、書き下ろし三作が収録されている。膨大な著書を持つ作者だが、シリーズ物を除いた純然たる短篇集は、本文庫に収録されている『月凍《い》てる　人情江戸彩時記』に続き、本書が二冊目となる。ちなみに『月凍てる　人情江戸彩時記』の原題は『坂ものがたり』であり、収録された四篇は、どれも〝坂〟が、ストーリーの中で重要な役割を果たす場所となっている。一方、本書は〝川〟である。坂と川。これは当然、作者が意識したことだ。なんとなれば、どちらも人生の接所の象徴となるからである。

坂というのは、上り下りすることで、違う風景の中に入っていく。川というのは、渡ることで違う場所に行く。どちらも、今まで居た所から、別の所に移動する〝場〟として、機能しているのである。もともと作者は〝坂〟や〝橋〟を結界とかんがえていた。「文蔵」二〇一二年八月号に掲載されたインタビュ

―で、

「意を決して橋を渡る、苦労して坂を上る登場人物は、結界を越えることで新たな自分になろうとしています。そこに心理的な葛藤《かっとう》や人生の選択を重ねれば、深い人間ドラマが作れると思い『橋』と『坂』にはこだわっています」

と、述べているほどだ。この〝橋〟を〝川〟にして、川を渡る、あるいは渡らないことを通じ、バラエティに富んだ物語を創《つく》り上げたのである。以上のことを踏まえながら、収録された各作品について触れていこう。

冒頭を飾る「百年桜」（「小説新潮」二〇一二年三月号　原題「蒲生《がもう》の桜」）は、日本橋にある呉服問屋『大津屋』で十五年間、真面目《まじめ》に働き、ようやく小頭に昇進しようかという新兵衛が主人公。だが彼の日常は、店に押し込み強盗が入ったことで崩れていく。自分を脅して金を奪っていった男が、故郷の蒲生で幼馴染だった伊助ではないかという疑念を抱いた新兵衛は、独自に探索を開始。やがて伊助も江戸に出て働いていたこと、舟から隅田川に落ちて、死んだと思われていることなどが判明した。でも伊助が、泳ぎが達者だったことを知る新兵衛は、彼の死が信じられない。捕り方に目を付けられ、自分に火の粉がかかるかもしれないと思いながら、新兵衛は伊助の姿を追っていくのだった。

と、粗筋を書くと、伊助だと思っていた押し込み強盗が、実は別人でしたというストーリーになると、予想されるかもしれない。しかし本作に、エンターテインメント的な捻《ひね》りは入っていないのだ。物語はストレートであり、百年桜のある故郷を離れた、ふたりの少年の分かたれた人生が活写されている。隅田川に落ちたことから伊助が人生を踏み外したことや、主人公の苦い未来を予測させるラストなど、時代ノワールとでもいいたくなる内容となっているのだ。そして、いきなり突きつけられた人の世の厳しさと、その奥にある切なさに、心が震えるのである。

続く「葭切《よしきり》」(「小説新潮」二〇一二年七月号)は、本所で茶の湯の道具を扱っている『大和屋』の娘で、今年二十二歳になるおゆきの恋が描かれている。兄の縁談話が持ち上がり、自身も許嫁《いいなずけ》を持つおゆき。しかし彼女には、忘れられない人がいた。三年前、隅田川の渡し船から降りたところで、胃の腑《ふ》に痛みを覚えていたところを助けてくれた、富山の薬売りの啓之助だ。まるで惹《ひ》かれあうように、次の年に再会したものの、昨年は会えず、落ち込んでいたおゆき。それでも啓之助に会いたいと、彼女は願うのだった。

「百年桜」が、陰翳《いんえい》に富んだ作風だったのに対して、こちらは可愛《かわい》らしい恋物語になっている。一作ごとに違う読み味が楽しめるのも、短篇集のいいところだ。さらに、「ギョ、ギョシ、ギョ、ギョシ」という、葭切の鳴き声の扱いもお見事。まったく同じ鳴き声が、二度登場するのだが、おゆきの心模様に合せて、鳴き声の響きが変わってくるのである。繰り返しの効果を巧みに使う作者は、やはり小説の手練《てだ》れというしかない。

以後の三作は、すべて書き下ろし。「山の宿」は、かつて愛した男の遺骨を引き取りに、出羽里見藩から来たおまきという女性が、隅田川の『山の宿《しゅく》の渡し』を渡って、江戸の地を踏むところから始まる。かつて里見藩の部屋住みの奥井継之進と愛し合いながら、藩の理不尽な仕組みにより夫婦になることができず、別れたおまき。その後、継之進は命じられた上意討ちを果たすが、なぜか出奔。星霜《せいそう》を経て、江戸で死去したとの知らせが、奥井家に届いたのである。

その奥井家の好意で江戸に来たおまきは、継之進の生活や、上意討ちの真相を知るのだった。読者の興味を引っ張る上意討ちの真相が悲しく、『山の宿の渡し』に託された、継之進の想《おも》いが切ない。此方と彼岸を隔てるという、川の場としての機能を十全に活用した秀作である。

第四話の「初雪」は、甲州勝沼からブドウを運んできた、秀治という若い衆の、母親捜しが描かれる。温州みかんを運ぶ万次郎と、神田市場で喧嘩《けんか》になるなど、なかなか血の気の多い秀治。彼には子供の頃、生活のために身を売った母親を拒絶した、苦い過去がある。そのため行方を晦《くら》ました母親を、江戸で見かけたと聞いた彼は、居ても立ってもいられない。なんとか母親を見つけ出したのだが……。

必ずしも恵まれない現在の境遇で、富士見の渡しから眺める富士山を楽しみにしていた母親。それは故郷の家族を思ってのことである。それを知った秀治が、いかなる選択をするのか。秀治と喧嘩をした万次郎を、意外な形で絡《から》めながら、作者は登場人物を慈《いつく》しみ、温かな気持ちを表現する。ここに本作の魅力がある。

そして「海霧」は、国を出てから十三年が経《た》った土屋禮治郎の、女敵討ちの顚末《てんまつ》が綴《つづ》られる。八代藩士だった禮治郎は、ある事情から密通をした妻を斬《き》り、逃げ出した伊沢重三郎を追って、旅を続けていた。ようやく行方をつかんだと思ったら、重三郎は人を斬り、石川島の人足寄せ場に送られている。人足寄せ場から罪人が戻ってくる船着き場の近くの、本湊町の長屋で暮らしながら、重三郎の放免を待ち受ける禮治郎。同じ長屋の少女に降りかかった危難を気にかけながら、三日後に迫ったその日に備えるのであった。

隅田川が江戸湾に注ぐ河口の先にあるのが、石川島の人足寄せ場である。その石川島から放免される男を、主人公は待つ。すべての作品で隅田川を使用してきた、本書の掉尾《ちょうび》に相応《ふさわ》しい設定である。ついに本懐の日が迫る禮治郎だが、予想外の騒動や、意外な事実を知り、彼の心は揺れる。その果てに禮治郎は、どうするのか。隅田川をたどってきた読者を納得させる、感動のラストが嬉《うれ》しいのである。

喜びも悲しみも、すべてひっくるめて、川は流れ行く。川面の煌《きら》めきは、命の煌めき。その美しさに何度も魅了された。美しく、素晴らしい短篇集である。

『百年桜』というタイトルに引っかける訳ではないが、日本人が、日本人ならではの情を失わないならば、本書は百年でも千年でも読み継がれ、読む者の心に花を咲かせるであろう。

（平成二十七年八月、文芸評論家）

この作品は平成二十五年三月新潮社より刊行された。

藤原緋沙子著

月凍てる
―人情江戸彩時記―

婿入りして商家の主人となった吉兵衛だったが、捨てた幼馴染みが女郎になっていると知り……。感涙必至の人情時代小説傑作四編。

藤沢周平著

時雨のあと

兄の立ち直りを心の支えに苦界に身を沈める妹みゆき。表題作の他、江戸の市井に咲く小哀話を、織麗に人情味豊かに描く傑作短編集。

池波正太郎著

おせん

あくまでも男が中心の江戸の街。その陰にあって欲望に翻弄される女たちの哀歓を見事にとらえた短編全13編を収める。

北原亞以子著

傷
慶次郎縁側日記

空き巣のつもりが強盗に――お尋ね者になった男の運命は？　元同心の隠居・森口慶次郎の周りで起こる、江戸庶民の悲喜こもごも。

乙川優三郎著

五年の梅
山本周五郎賞受賞

主君への諫言がもとで蟄居中の助之丞は、ある日、愛する女の不幸な境遇を耳にしたが……。人々の転機と再起を描く傑作五短篇。

山本周五郎著

人情武士道

昔、縁談の申し込みを断られた女から夫の仕官の世話を頼まれた武士がとる思いがけない行動を描いた表題作など、初期の傑作12編。

吉村 昭著
冬の鷹
「解体新書」をめぐって、世間の名声を博す杉田玄白とは対照的に、終始地道な訳業に専心、孤高の晩年を貫いた前野良沢の姿を描く。

隆慶一郎著
吉原御免状
裏柳生の忍者群が狙う「神君御免状」の謎とは。色里に跳梁する闇の軍団に、青年剣士松永誠一郎の剣が舞う、大型剣豪作家初の長編。

司馬遼太郎著
梟の城
直木賞受賞
信長、秀吉……権力者たちの陰で、凄絶な死闘を展開する二人の忍者の生きざまを通して、かげろうの如き彼らの実像を活写した長編。

柴田錬三郎著
一刀両断
―剣豪小説傑作選―
柳生連也斎に破門された剣鬼桜井半兵衛は槍術を会得し、新陰流の達人荒木又右衛門に立ち向かうのだが……。鬼気迫る名品八編収録。

海音寺潮五郎著
西郷と大久保
熱情至誠の人、西郷と冷徹智略の人、大久保。私心を滅して維新の大業を成しとげ、征韓論で対立して袂をわかつ二英傑の友情と確執。

菊池 寛著
藤十郎の恋・恩讐の彼方に
元禄期の名優坂田藤十郎の偽りの恋を描いた「藤十郎の恋」、仇討ちの非人間性をテーマとした「恩讐の彼方に」など初期作品10編を収録。

伊東潤著　義烈千秋　天狗党西へ

国を正すべく、清貧の志士たちは決起した。幕府との激戦を重ね、峻烈な山を越えて京を目指すが。幕末最大の悲劇を描く歴史長編。

安住洋子著　春告げ坂　―小石川診療記―

たとえ治る見込みがなくとも、罪人であったとしても、その命はすべて尊い――。若き青年医師の奮闘を描く安住版「赤ひげ」青春譚。

宇江佐真理著　春風ぞ吹く　―代書屋五郎太参る―

25歳、無役。目標・学問吟味突破、御番入り――。いまいち野心に欠けるが、いい奴な五郎太の恋と学問の行方。情味溢れ、爽やかな連作集。

田牧大和著　数えからくり　―女錠前師　謎とき帖(二)―

大店の娘殺し、神隠しの因縁、座敷牢に響く数え唄、血まみれの手。複雑に絡まり合う謎を天才錠前師が開錠する。シリーズ第二弾。

辻原登著　恋情からくり長屋

国もとの妻は不思議な夢に胸を騒がせ、旦那は遊女に溺れる、そして……。浪花の恋と江戸の情に、粋な企みを隠す極上の時代小説集。

野口卓著　闇の黒猫　―北町奉行所朽木組―

腕が立ち情にも厚い定町廻り同心・朽木勘三郎と、彼に心服する岡っ引たちが、伝説と化した怪盗「黒猫」と対決する。痛快時代小説。

山本博文著
学校では習わない江戸時代
「参勤交代」も「鎖国制度」も教わったが、大事なのはその先。江戸人たちの息づかいやホンネまで知れば、江戸はとことん面白い。

半藤一利著
幕末史
黒船来航から西郷隆盛の敗死まで——。波乱と激動に満ちた25年間と歴史を動かした男たちを、著者独自の切り口で、語り尽くす！

寺島実郎著
若き日本の肖像
—一九〇〇年、欧州への旅—
漱石、熊楠、秋山真之……。二十世紀の新しい息吹の中で格闘した若き日本人の足跡を辿り、近代日本の源流を鋭く見つめた好著。

辻邦生著
安土往還記
戦国時代、宣教師に随行して渡来した外国船員を語り手に、乱世にあってなお純粋に世の道理を求める織田信長の心と行動をえがく。

関裕二著
古代史謎解き紀行Ⅰ
—封印されたヤマト編—
記紀神話に隠されたヤマト建国の秘密。大胆な推理と綿密な分析で、歴史の闇に秘められた古代史の謎に迫る知的紀行シリーズ第一巻。

杉浦日向子監修
お江戸でござる
お茶の間に江戸を運んだＮＨＫの人気番組・名物コーナーの文庫化。幽霊と生き、娯楽を愛す、かかあ天下の世界都市・お江戸が満載。

池波正太郎・平岩弓枝・松本清張・山本周五郎・宮部みゆき 著

親不孝長屋
—人情時代小説傑作選—

親の心、子知らず、子の心、親知らず——。名うての人情ものの名手五人が親子の情愛を描く。感涙必至の人情時代小説、名品五編。

池波正太郎・宇江佐真理・乙川優三郎・北原亞以子・村上元三 著

世話焼き長屋
—人情時代小説傑作選—

鼻つまみの変人亭主には、なぜか辛抱強い女房がついている。長屋や横丁で今宵も誰かが世話を焼く。感動必至の人情小説、傑作五編。

池波正太郎・山本一力・北原亞以子・山本周五郎・藤沢周平 著

たそがれ長屋
—人情時代小説傑作選—

老いてこそわかる人生の味がある。長屋を舞台に、武士と町人、男と女、それぞれの人生のたそがれ時を描いた傑作時代小説五編。

池波正太郎・乙川優三郎・五味康祐・宇江佐真理・山本周五郎・柴田錬三郎 著

がんこ長屋
—人情時代小説傑作選—

腕は磨けど、人生の儚さ。刀鍛冶、火術師、蕎麦切り名人……それぞれの矜持が導く男と女の運命。きらり技輝る、傑作六編を精選。

池波正太郎ほか著
縄田一男編

まんぷく長屋
—食欲文学傑作選—

鰻、羊羹、そして親友……!? 命に代えても食べたい、極上の美味とは。池波正太郎、筒井康隆、山田風太郎らの傑作七編を精選。

池波正太郎・菊池寛・神坂次郎・小松重男著・柴田錬三郎・筒井康隆

迷君に候

政を忘れて、囚人たちと楽器をかき鳴らし続ける大名や、百姓女房にムラムラしてついには突撃した殿さま等、六人のバカ殿を厳選。

新潮文庫最新刊

乃南アサ著

最後の花束
―乃南アサ短編傑作選―

愛は怖い。恋も怖い。狂気は女たちを少しずつ蝕み、壊していった――。サスペンスの名手の短編を単行本未収録作品を加えて精選！

船戸与一著

群狼の舞
―満州国演義三―

「国家を創りあげるのは男の最高の浪漫だ」。昭和七年、満州国建国。敷島四兄弟は産声を上げた新国家に何色の夢を託すのか。

津村記久子著

とにかくうちに帰ります

うちに帰りたい。切ないぐらいに、恋をするように。豪雨による帰宅困難者の心模様を描く表題作ほか、日々の共感にあふれた全六編。

朝倉かすみ著

恋に焦がれて吉田の上京

札幌に住む23歳の吉田は、中年男性に恋をした。彼の上京を知り、吉田も後を追う。彼はまだ、吉田のことを知らないけれど――。

高田崇史著

パンドラの鳥籠
―毒草師―

浦島太郎伝説が連続殺人を解く鍵に？　名探偵・御名形史紋登場！　200万部突破「QED」シリーズ著者が放つ歴史民俗ミステリ。

島田荘司著

セント・ニコラスの、ダイヤモンドの靴
―名探偵　御手洗潔―

教会での集いの最中に降り出した雨。それを見た老婆は顔を蒼白にし、死んだ。奇妙な行動の裏には日本とロシアに纏わる秘宝が……。

百《ひゃく》年《ねん》桜《ざくら》

人情江戸彩時記

新潮文庫　ふ-46-2

平成二十七年十月一日発行

著者　藤《ふじ》原《わら》緋《ひ》沙《さ》子《こ》

発行者　佐藤隆信

発行所　株式会社　新潮社

郵便番号　一六二—八七一一
東京都新宿区矢来町七一
電話　編集部(〇三)三二六六—五四四〇
　　　読者係(〇三)三二六六—五一一一
http://www.shinchosha.co.jp

価格はカバーに表示してあります。
乱丁・落丁本は、ご面倒ですが小社読者係宛ご送付ください。送料小社負担にてお取替えいたします。

印刷・大日本印刷株式会社　製本・株式会社大進堂

ISBN978-4-10-139162-5 C0193